식민지 조선의 풍경

일본명작총서 03

식민지 조선의 풍경

조선을 그린 일본 근대소설

일본명작총서 03

아쿠타가와 류노스케 · 나카지마 아쓰시 · 유아사 가쓰에
최관 · 유재진 옮김

고려대학교출판부
KOREA UNIVERSITY PRESS

옮긴이 서문

일제 강점기 일본인은 식민지 조선을 어떻게 보았을까?

일본인 작가가 그린 식민지 조선의 심상과 풍경은 어떠하였을까?

이제 한국사회도 정치 일변도의 획일화된 논리에서 벗어나 문화적 관점에서 타자의 눈에 비친 우리를 살펴볼 줄 아는 시기가 되었다고 생각된다.

일제 강점 이후 식민지 조선에 많은 일본인들이 이주해서 생활하였으며, 이러한 상황 속에서 몇몇 일본인 작가들은 위정자의 입장에서가 아니라 본인의 직간접적인 생활 체험을 바탕으로 조선을 그린 작품을 발표하였다. 이들 작품들에는 일본인들이 남긴 일제 강점기에 관한 역사적, 정치적 기록들과는 달리 당시 조선 사회의 풍경과 그 시대를 살아갔던 인간들의 모습이 문학적 필치로 세밀히 그려져 있다. 비록 일본인 작가라는 한계점을 내포하고는 있지만, 이들 작품은 당대의 삶과 정신에 대한 생생한 보고서라고 할 수 있으며, 한편으로는 우리가 보지 못했던 부분까지 들춰 비추는 우리의 또 다른 자화상이라고도 할 수 있을 것이다.

1920, 30년대 식민지 조선을 대상으로 한 작품들 중에서 특이한 네 편의 단편을 번역 수록하였다. 작가는 각기 상이한 이력을 갖고 근대 일본문학사 속에서 독자적인 지위를 점하고 있는 아쿠타가와 류노스케芥川龍之介와 나카지마 아쓰시中島敦, 그리고 유아사 가쓰에湯浅克衛이다.

먼저 아쿠타가와 류노스케는 '아쿠타가와 상'으로, 또한 영화 〈라쇼몬〉의 원작자로서 그 명성이 알려져 있고 그의 많은 단편들이 번역되어 있다. 이에 비해 나카지마 아쓰시와 유아사 가쓰에의 이름은 아직 생소한 편이다. 평생 일본에서 살다 요절한 아쿠타가와와 달리, 나카지마는 서울(경성)에서 청소년기를 보냈으며, 유아사는 유년 시절부터 1945년 패전까지 조선에서 거주했다.

지금까지 아쿠타가와는 조선과의 관련성에 대해 소개된 적이 없는 작가였다. 아마도 그 이유는 1921년 오사카 마이니치 신문사의 중국특파원으로 중국에 파견되었다 귀국하는 길에 기차로 한반도를 종단한 것이 그의 유일한 조선 경험으로 알려져 있고, 그가 조선을 배경으로 쓴 작품이 이 책에서 소개하고 있는 〈김 장군〉 한 편밖에 없어서일 것이다. 그런데 〈김 장군〉은 임진왜란을 시대배경으로 하여 기생 계월향의 도움으로 김응서 장군이 왜장을 살해한 이야기를 소재로 하고 있는 특이한 작품이다. 관동대지진 후에 발표된 이 작품은 아쿠타가와의 상대주의적 역사 인식을 여실히 보여 주고 있으며, 당시 일본 사회에 대한 비판을 제기한 문제작이라고 할 수 있다.

나카지마 아쓰시는 짧은 작가 활동에도 불구하고 오늘날 그의 작품이 일본의 고등학교 국어 교과서에 실려 있을 정도로 그의 순수한 문학성과 독특한 작품 세계는 높은 평가를 받고 있다. 나카지마는 유학자 집안에서 장남으로 태어나, 부친이 중학교 교사로 조선의 경성중학교에 부임함에 따라 서울에서 청소년기를 보내게 된다. 용산소학교를 졸업하고 경성중학교 4년을 수료할 때까지 서울에서 지낸 다음에 귀국하여 일고一高를 거쳐 도쿄대학 국문과를 졸업하였는데, 그는 조선에서의 체험을 바탕으로 식민지 조선을 소재로 한 두 편의 작품을 발표했다. 조선인 친구와의 관계를 통해 깨달아 가는 인간의 본질적 모습과 상황에 따라 변하는 인간관계를 그린 〈호랑이 사냥〉과 조선인 순사의 눈에 비친 1923년 경성의 겨울 풍경 및 그 일상을 묘사한 〈순사가 있는 풍경〉이다. 나카지마는 제국주의 시대를 옹호하였던 다른 일본인 작가들과는 달리 피식민자들의 입장에서 그 시대를 바라보려 시도하며 식민 지배에 대한 기만성 · 모순성을 날카로운 감수성으로 잘 보여 주고 있다.

한편 나카지마 아쓰시의 경성중학교 동급생이었던 유아사 가쓰에는 조선 수비대원이었던 아버지를 따라 유년기에 조선으로 건너와 해방 직전까지 조선에 거주하였다. 유아사는 조선을 자신의 고향이라 생각하고 그곳에 뿌리내리려고 했던 다양한 일본 이주자들의 삶을 그려냄과 동시에 그들이 처해 있는 조선 사회를 의식할 수밖에 없었다. 반평생 조선을 그려온 그에게 있어 조선이란 '내선일체'의 조선이며 그의 수많은 작품에 그려진 조선인들은 항상 '보여지는 대상'이자 일제의 식민지정

책을 합리화해 주는 요소로 존재하였다. 오늘날에는 시대순응적으로 일제의 식민지정책을 무비판적으로 동조하고 합리화해 온 그의 작품들에 대한 평가가 높지 않고 은폐되어 온 경향이 있다. 그러나 당시 그의 작품들이 상당한 인기를 끌었다는 사실을 잊어서는 안 되며, 이를 가능케 한 원인을 규명하는 작업도 우리의 몫으로 남아 있다. 아직까지 유아사처럼 이 땅에 대한 애정이나 관심과 동일시되어 온 무비판적이고 무자각적인 식민주의자의 인식은 청산되었다고 할 수 없으며, 한일교류시대의 오늘날에도 우리는 다시금 그들의 시선을 비판적으로 재검토할 필요가 있다.

이처럼 서로 다른 세 명의 작가가 그려내고 있는 단편들을 통해서 우리의 과거 속에 존재하였던 다양한 시선을 읽어 내고, 이를 통해서 우리의 과거에 대한 이해의 폭이 넓혀지기를 바란다. 아무쪼록 이 책이 현재의 우리의 삶에 대해서 다시 한번 생각해 볼 수 있는 계기가 되기를 바라마지 않는다.

삼각산 기슭에서

옮긴이

차례

일러두기

* 〈김 장군〉의 저본은 芥川龍之介, 〈金将軍〉, 《芥川龍之介全集》 제5권(筑摩書房, 1989)으로 하였다.
* 〈호랑이 사냥〉의 저본은 中島敦, 〈虎狩〉, 《中島敦全集》, 제1권(筑摩書房, 1993)으로 하였다.
* 〈순사가 있는 풍경〉의 저본은 中島敦, 〈巡査の居る風景〉, 《中島敦全集》 제1권(筑摩書房, 1993)으로 하였다.
* 〈망향〉의 번역 원본은 池田浩士編, 〈望郷〉, 《カンナニ 湯浅克衛植民地小説集》(インパクト出版, 1995)으로 하였다.

작품 하나

김 장 군
金 将 軍

아쿠타가와 류노스케
芥川龍之介

어느 여름날, 삿갓을 쓴 승려 둘이 조선 평안남도 용강군 동우리의 시골길을 걷고 있었다. 이 두 사람은 단순한 유랑승이 아니었다. 실은 멀리 일본에서 조선을 정탐하러 온 가토 히고노카미 기요마사加藤肥後守清正와 고니시 세쓰노카미 유키나가小西摂津守行長였다.

두 사람은 주위를 둘러보며 벼가 푸릇푸릇한 논두렁 사이를 걸어가고 있었다. 그때 불현듯 길가에 농부의 아들처럼 보이는 한 어린아이가 둥근 돌을 베개 삼아 새근새근 자고 있는 것을 발견했다. 가토 기요마사는 삿갓 아래로 가만히 그 아이에게 눈길을 주었다.

"이 애는 관상이 특이하군."

귀신 상관鬼上官(가토 기요마사를 가리킴)은 지체하지 않고 베개 삼고 있던 돌을 걷어찼다. 신기하게도 그 아이는 머리를 땅에 떨어뜨리기는커녕, 머리를 든 채로 변함없이 조용히 자고 있는 것이 아닌가!

"정말 보통내기가 아니군."

기요마사는 향이 밴 누런 법의 안에 숨기고 있던 계도戒刀로 손을 가져갔다. 왜국의 재앙이 될 것은 싹부터 잘라 버려야겠다고 생각했던 것이다. 그러나 유키나가는 비웃으면서 기요마사의 손을 눌러 저지했다.

"이딴 애가 무엇을 할 수 있겠는가? 무익한 살생을 하는 것이 아니다."

두 승려는 다시금 푸른 논두렁 사이를 걸어 나갔다. 그러나 호랑이 수염이 난 귀신 상관만은 아직도 무언가가 불안한 듯 몇 번이고 그 아이를 뒤돌아봤다.

30년 후, 그때의 두 승려 — 가토 기요마사와 고니시 유키나가는 8조 8억의 병사와 함께 조선 팔도를 습격하였다. 집이 불태워진 팔도의 백성들, 부모는 자식을 잃고 남편은 아내를 빼앗긴 채 우왕좌왕 도망 다녔다. 한성漢城은 이미 함락되었다. 평양도 이제는 왕의 땅이 아니다. 선조는 간신히 의주로 도망가 명의 원군을 간절히 기다리고 있었다. 만약 이대로 수수방관한 채 왜군의 횡포에 맡겨 두었다면 아름다운 팔도의 산천도 순식간에 잿더미가 될 수밖에 없었으리라. 그러나 하늘은 다행히 아직 조선을 버리지 않았다. 왜냐하면, 옛날 푸른 논두렁에서 기적을 보여 준 한 아이 — 김응서에게 나라를 구하도록 하였기 때문이다.

김응서는 의주의 통군정統軍亭으로 달려가 초췌해진 선조의 용안을 알현하였다.

"소장이 이렇게 있는 이상, 부디 심려 거두시옵소서."

선조는 슬픈 미소를 띠었다.

"왜장은 귀신보다도 강하다 하질 않느냐? 만약 그대가

벨 수 있다면 먼저 왜장의 목을 쳐라."

왜장 중 한 사람 — 고니시 유키나가는 평양의 대동관에서 기생 계월향을 총애하였다. 계월향은 8천 기생 중에서도 견줄 이가 없는 미인이다. 하지만 나라를 걱정하는 마음은 머리에 꽂은 매괴玫瑰(빨간색의 아름다운 돌)꽃과 더불어 하루도 잊은 적이 없었다. 그 아름다운 눈동자는 웃을 때조차 항상 긴 속눈썹 그늘에 왠지 모를 슬픈 빛을 머금고 있었다.

어느 겨울밤, 유키나가는 계월향에게 술시중을 들게 하면서 그녀의 오빠와 주연을 벌이고 있었다. 그녀의 오빠 또한 하얀 피부에 풍채가 뛰어난 대장부였다. 계월향은 평소 때보다도 한층 더 교태를 부리면서 연거푸 유키나가에게 술을 권하였다. 더구나 그 술 속에는 어느 틈엔가 잠드는 약이 녹아들어 있었다.

잠시 후 계월향과 그녀의 오빠는 술에 취해 쓰러진 유키나가를 뒤로 한 채, 몰래 어딘가로 그 모습을 감췄다. 유키나가는 취금翠金 장막 밖에 비장의 보검을 걸어 둔 채로 정신없이 자고 있었다. 그도 그럴 것이 이는 반드시 유키나가가 방심한 탓만은 아니었다. 게다가 이 장막은 방울진이었다.

누구라도 장막 안에 들어오려고 하면 장막에 둘러쳐진 보물 방울이 바로 소란스럽게 울려 유키나가의 잠을 깨워 버린다. 다만 유키나가는 계월향이 이 보물 방울이 울리지 않도록 어느새인가 방울에 솜을 채워 둔 것을 모르고 있을 뿐이었다.

계월향과 그녀의 오빠는 다시 그곳으로 돌아왔다. 오늘밤 그녀는 수놓인 치맛자락에 아궁이의 재를 담아두고 있었다. 그녀의 오빠도 ― 아니 그녀의 오빠가 아니다. 왕명을 받든 김응서는 소매를 높이 걷어붙이고 손에 청룡도를 한 자루 내려뜨리고 있었다. 그는 조용히 유키나가가 있는 취금 장막으로 다가가려 했다. 그러자 유키나가의 보검이 저절로 칼집을 빠져나와, 마치 날개가 달린 것처럼 날아 김 장군을 향해 덤벼들었다. 그러나 김 장군은 조금도 당황하지 않고 재빨리 그 보검을 겨냥해 한 무더기의 침을 뱉었다. 보검은 침투성이가 되자 곧바로 신통력을 잃어버렸는지 탁 하고 마룻바닥에 떨어져 버렸다.

김응서는 크게 포효하면서 청룡도를 한 번 휘둘러 유키나가의 목을 떨어뜨렸다. 그러나 이 무서운 왜장의 목은 분하다는 듯이 이를 갈며 원래의 몸뚱이로 되돌아가려고 했다. 이 불가사의한 장면을 본 계월향은 재빨리 치맛자락 속에 손을 넣어 유키나가의 목이 잘린 부분에 몇 줌의 재를 뿌렸다. 목은 몇 번이나 날아올랐지만, 재 투성이가 된 베인 부분에는 끝내 한 번도 안착하지 못했다.

하지만 목을 잃은 유키나가의 몸뚱이가 손을 더듬어 보검을 집어 들자, 바로 김 장군을 향해 그것을 던졌다. 뜻밖의 공격을 당한 김 장군은 계월향을 한쪽 팔로 안아들고 높은 대들보 위로 뛰어올랐다. 그러나 유키나가가 던진 보검은 공중에 날아오른 김 장군의 새끼발가락을 잘라 떨어뜨렸다.

날이 새기 전의 일이었다. 왕명을 수행한 김 장군은 계월향을 업고서 인기척이 없는 들판을 달리고 있었다. 들판 끝 너머에는 잔월殘月이 한 가닥 상흔을 남기고 마침 어두운 언덕 뒤로 지려고 하는 참이었다. 김 장군은 문득 계월향이 임신 중이라는 사실이 떠올랐다. 왜장의 자식은 독사와도 같다. 지금 죽이지 않으면 어떤 큰 해악을 빚어낼지 모른다. 이렇게 생각한 김 장군은 30년 전의 기요마사처럼 계월향

모자를 죽일 수밖에 없다고 마음을 정했다.

영웅은 옛날부터 센티멘털리즘을 발 아래로 짓밟는 괴물이다. 김 장군은 즉시 계월향을 죽이고 뱃속의 아이를 끄집어냈다. 잔월 빛에 비추어진 아기는 아직 형태도 안 잡힌 핏덩어리에 불과했다. 그러나 그 핏덩어리는 몸을 부르르 떨더니 돌연 사람처럼 큰소리를 질렀다.

"이놈, 이제 3개월만 기다리면 아버지의 원수를 갚아 줄 것을!"

그 목소리는 물소가 울부짖듯이 어두컴컴한 들판에 울려 퍼졌다. 동시에 한 가닥 상흔을 남기던 잔월도 어느새 언덕 너머로 사라져 버렸다.

이는 조선에 전해지는 고니시 유키나가의 최후이다. 유키나가는 물론 정한의 역征韓の役(임진왜란)의 진중에서는 죽지 않았다. 그러나 역사를 꾸미는 것은 비단 조선만은 아니다. 일본도 역시 어린아이에게 가르치는 역사는 — 혹은 어린아이와 다름없는 일본 남아에게 가르치는 역사는 이러한 전설로 가득 차 있다. 예를 들어 일본의 역사교과서는 한 번도 이런 패전 기사를 실은 적이 없지 않은가?

> 대당大唐의 장군이 병선 170척을 이끌고 백촌강白村江(조선 충청도 서천현)에 늘어섰다. 무신의 날(戊申, 덴치 천황 2년 가을 8월 27일) 일본의 병선이 처음으로 이르러 대당과 싸웠다. 일본은 이익 없이 후퇴했다. 기유의 날(28일)……. 또다시 일본은 전열을 정비하지 않은 채로 중군을 이끌고 진격하여 대당 군에 공세를 가하였다. 대당은 곧 좌우에서 배를 좁혀 와 둘러싸며 공격하였다. 순식간에 관군이 패배했다. 물위에 떠서 익사한 자가 많았다. 뱃머리를 돌릴 수가 없었다.
>
> —《일본서기日本書紀》

어떠한 나라의 역사도 그 국민에게는 반드시 영광스러운 것이다. 특별히 김 장군의 전설만을 일소에 부칠 수는 없다.

작품 둘

호랑이 사냥 虎狩

나카지마 아쓰시 中島敦

1

호랑이 사냥 이야기를 하려고 한다. 호랑이 사냥이라고 해도 타라스콩Tarascon의 영웅 타르타랭Tartarin이 했던 사자 사냥과 같은 장난이 아니다. 진짜 호랑이 사냥인 것이다.

장소는 조선, 그것도 경성京城에서 이백 리 밖에 떨어져 있지 않은 산중이다. 산중이라고 하면, 요즘도 그런 곳에 호랑이가 나온다는 게 말이 되는가하고 비웃음을 살 것 같지만 여하튼 지금부터 20년 정도 전까지는, 경성이라고 해도, 그 근교인 동소문 밖 평산平山 목장의 소나 말이 한밤중에 자주 없어지곤 했다. 물론 이것은 호랑이가 아니고, 늑대라고 하는 이리의 일종에게 물려가는 것이었지만, 아무튼 한밤중에 교외를 혼자 나다니는 것이 아직은 위험한 시절이었다. 다음과 같은 이야기까지 있다. 동소문 밖의 주재소에서, 어느 날 밤 순사가 혼자서 책상에 앉아있는데, 갑자기 무시무시한 소리를 내며 출입문 유리를 득득 긁고 있는 무언가가 있었다. 깜짝 놀라 그쪽을 보자, 그것은 놀랍게도 호랑이였다고 한다. 호랑이가, 그것도 두 마리나, 뒷발로 버티고 서서 앞발톱으로 계속 득득거리고 있었던 것이다. 순사는 하얗게 질려, 재빨리 방 안에 있던 통나무를 빗장대신 문에 걸고 의자며 탁자를 닥치는 대로 문 안쪽에 쌓아올려 입구의 버팀목으로 삼고, 자신은 허리에 찬 칼을 빼들고 공격 자세를 취한 채로, 살아 있다는 감각도 없이 덜덜 떨고 있었다고 한다. 호랑이들은 한 시간 정도 순사의 얼을 빼놓은 뒤에, 포기하고 어디론가 가버렸다고 한다. 이 이야기를 경성일보에서 읽었을 때, 나는 너무나도 웃기고 또 웃겨서 어찌할 바를 몰랐다. 평소에는 그렇게 거만하게 굴던 순사가 — 그 당시 조선은 아직 순사가 거만하게 구는 시절이었다 — 얼마나 당황했길래, 의자며 탁자 그 밖의 모든 잡동사니를 대청소 때처럼 문 앞에 쌓아 올렸을까를 생각하면, 소년이었던 나는 도저히 웃지 않고는 배길 수 없었다. 게다가, 그 호랑이라는 것이 — 뒷발로 버티고 서서 유리를 득득 긁어 순사를 놀라게 했던 호랑이 두 마리가, 나에게는 도저히 진짜 호랑이라는 생각이 들지 않았고, 겁먹었던 그 순사처럼, 긴 칼을 허리에 차고 가죽 장화를 신고, 쭉 뻗친 팔자수염을 매만지면서 "네, 이놈" 하며 호통 칠 것 같은, 치기만만한 동화 속 나라의 호랑이처럼 생각되었던 것이다.

2

그런데, 호랑이 사냥 이야기를 하기 전에, 한 친구의 이야기를 해 두지 않으면 안 된다. 그 친구의 이름은 조대환趙大煥

이다. 이름으로 알 수 있듯이, 그는 반도인이다. 그의 어머니는 내지인이라고 모두가 말했었다. 나는 그 사실을 그의 입을 통해 직접 들은 것 같기도 하지만 내 자신이 내 멋대로 그렇게 생각해서, 그런 줄로만 믿고 있었는지도 모른다. 그렇게 친하게 지냈으면서도, 여태까지 한 번도 그의 어머니를 본 적이 없었다. 어쨌든, 그는 일본어를 대단히 잘했다. 게다가 자주 소설 따위를 읽었던 까닭에, 식민지에 사는 일본 소년들이 들어본 적도 없을 것 같은 에도시대의 말투까지도 알고 있었을 정도였다. 그래서 그 누구도 한번에 그가 반도인이라는 것을 알아챌 수 없었다.

조趙와 나는 소학교 5학년 때부터 친구였다. 5학년 2학기부터 내가 내지에서 용산의 소학교로 전학을 간 것이다. 아버지의 일 때문인지 뭔지로 어렸을 때 여러 번 학교를 옮긴 적이 있는 사람은 알 것이다. 다른 학교로 옮긴 처음 며칠만큼 싫은 것은 없다. 다른 습관, 다른 규칙, 다른 발음, 다른 독본의 읽는 법. 거기다 이유도 없이 새로 온 전학생을 괴롭히려고 하는 짓궂은 많은 눈들. 정말이지 무엇 하나를 해도 웃지 않을까 하고 안절부절 못하는 위축된 상태로 내

몰리고 만다. 용산의 소학교로 전학 와서 2, 3일 지난 어느 날, 그날도 읽기 시간에, '고지마 고토쿠兒島高德'(일본 남북조 시대의 남조 측 무장) 부분에서 벚나무에 새겨 두었다는 시의 문구를 내가 읽기 시작하자, 모두가 와 하고 웃음을 터트렸다. 빨개져서 열심히 고쳐 읽으려 하면 할수록 모두가 자지러지게 웃는다. 결국에는 선생님까지 입 주위에 엷은 웃음을 짓고 마는 형국이다. 나는 정말 만사가 싫어져서, 그 시간이 끝나자마자 급히 교실을 빠져나가, 아직 한 명의 친구도 없는 운동장 구석에 선 채, 울고 싶은 마음으로 풀이 죽어 하늘을 바라보았다. 지금도 기억하고 있는데, 그날은 맹렬한 모래먼지가 짙은 안개처럼 자욱하게 일었고, 태양은 희뿌연 모래안개의 깊숙한 곳에서 달처럼 희끄무레한 노란 빛을 희미하게 흘리고 있었다. 나중에 알게 된 것이지만, 조선과 만주에서는 일년에 한 번쯤은 이런 날이 있다. 다시 말하면 몽고의 고비 사막에 바람이 일어, 그 모래먼지가 멀리까지 날아오는 것이다.

그날 나는 처음으로 보는 그 무서운 날씨에 어안이 벙벙하여, 운동장가에 서 있는 키가 큰 포플러 가지 끝이 그 하얀 먼지 안개 속에 사라지고 없는 것을 바라보면서, 금세 써그럭 써그럭 모래가 씹히는 입으로는 쉬지 않고 침을 뱉고 있었다.

그러자 갑자기 옆에서 기묘하게 쥐어짜는 듯한 비웃음과 함께, "야, 창피하니까, 마구 침만 뱉는구나" 하는 소리가 들렸다. 고개를 돌려보자, 비교적 큰 키에 마르고 눈이 가는 소년이 콧방울을 벌름거리며, 악의라기보다는 조소로 가득 찬 웃음을 흘리면서 서 있었다. 과연, 내가 침을 뱉고 있는 것은 확실히 공중의 먼지 때문이기도 했지만, 그렇게 듣고 보니 역시 조금 전에 읽은, '하늘이여, 구천勾踐(월越나라 왕, 범려의 도움으로 오吳나라를 멸망시킴)을 헛되이 만들지 말지어다'의 창피함과 홀로 있는 어색함 등을 숨기기 위해 필요 이상으로 침을 뱉고 있었던 것도 분명 사실인 것 같다. 그것을 지적받은 나는, 조금 전의 두세 배의 부끄러움을 한꺼번에 느끼고, 발끈해서 앞뒤 안 가리고 그 소년을 향해 울상을 지으면서 덤벼들었다. 솔직히 말하자면 그 소년을 이길 수 있을 거라고 생각하고 덤벼들었던 것은 아니었다. 몸집이 작고 겁쟁이인 나는, 그때까지 싸움을 해서 이긴 예가 없었다. 그래서 그때도 어차피 질 각오로, 그래서, 벌써 반쯤 우는 얼굴을 하고 덤벼들었던 것이다. 그런데, 놀랍게도 여지없이 내가 때려 눕혀질 것을 각오하고 눈을 감고 맞선 상대가 의외로 약하였다. 운동장 구석의 기계체조용 모래밭에서 맞붙어 쓰러진 채 한참 동안 뒤엉켜 싸우다가, 힘 안들이고 그를 밑에 깔아 누를 수 있었다. 나는 내심 이 결과에 조금은 놀라면서도, 아직 방심할 여유도 없이, 눈을 감은 채 정신없이 상대의 멱살을 잡고 흔들고 있었다. 그런데 곧 너무나도 상대의 저항이 없는 것을 알아채고 번쩍 눈을 떠 보자, 내 손 밑에서 상대의 가느다란 눈이 진지한 것인지 웃고 있는 것인지 알 수 없는 능글맞은 표정을 지으며 올려다보고 있었다. 나는 문득 뭔지 모를 모욕감을 느끼고는 손의 힘을 풀고, 바로 일어서서 그로부터 떨어졌다. 그러자 그도 따라 일어서서 검정 라사복에 묻은 모래를 털면서, 내 쪽은 보지도 않고, 싸움 소동을 듣고 뛰어온 다른 소년들을 향해 멋쩍은 듯이 눈 꼬리를 찡그려 보이는 것이다. 나는 오히려 이쪽이 지기라도 한 것 같은 거북하고 묘한 기분으로 교실로 돌아갔다.

그러고 나서 이삼 일 후, 그 소년과 나는 방과 후 같은 길을 나란히 걷고 있었다. 그때 그는 자기 이름이 조대환이라고 말했다. 이름을 들었을 때, 나는 무의식적으로 되물었다. 조선에 와 있으면서도, 같은 반에 반도인이 있다는 것은 전혀 생각도 하지 않았고, 게다가 그 소년의 태도가 아무리 봐도 반도인이라고는 생각되지 않았기 때문이다. 몇 번인가 되물어서 그의 이름이 역시 조趙라는 것을 알았을 때, 내가 집요하게 물은 것을 미안하게 생각하였다. 아마 그 무렵의 나는 조숙한 소년이었던 것 같다. 나는 상대가 반도인이라는 의식을 갖지 않도록 — 이것은 이때뿐만 아니라 그 후 함께 놀게 된 후도 내내 — 신경을 썼다. 그런데, 그런 배려는 소용없는 것처럼 보였다. 왜냐하면 조는 전혀 그것을 마음에 두지 않는 것 같았기 때문이다. 실제로 자기가 먼저 나에게 그 이름을 댄 것을 보더라도, 그가 그것을 걱정하고 있지 않음을 알 수 있었다. 그러나 사실, 이것은 나의 오해였다. 조는 실은 — 자기가 반도인이라는 것보다도, 자기 친구들이 그것을 항상 의식하여 은혜를 베풀 듯이 자기와 놀아 주고 있다는 것을 상당히 걱정하고 있었던 것이다.

때로는 그에게 그런 의식을 갖지 않게 하려는 교사나 우리들의 배려까지도, 그를 더할 나위 없이 불쾌하게 만들었다. 결국 그는 스스로 이것에 얽매여 있었기 때문에, 역으로 태도에서는 조금도 그것에 구애받지 않는 듯한 모습을 보였고, 일부러 자기 이름을 알려주거나 했던 것이다. 그렇지만, 이 사실을 내가 안 것은 훨씬 나중이 되어서였다.

어쨌든, 그렇게 해서 우리 사이는 맺어졌다. 둘은 동시에 소학교를 나와 동시에 경성 중학교에 입학해서, 매일 아침 함께 용산에서 전차로 통학하게 되었다.

3

그 즈음 — 소학교의 끝 무렵부터 중학교 초에 걸친 때의 일인데 — 나는 그가 한 소녀를 사모하고 있음을 알고 있었다. 소학교 시절의 우리 반은 남녀 혼성 반으로, 그 소녀는 부급장이었다(급장은 남자 쪽에서 뽑는다). 흰 피부는 아니었지만, 키가 크고 머리숱이 많고 눈매가 긴 예쁜 여자아이였다. 학급 누구나가 《소녀 구락부》인가 뭔가 하는 잡지의 다카바타케 가쇼高畠華宵(당시 소년화, 소녀화로 유명한 화가)

라는 삽화가가 그린 권두 그림이 이 소녀와 닮았다고 하는 것을 자주 들은 적이 있었다.

조는 소학교 때부터 그 소녀를 좋아했던 것 같았는데, 그 소녀도 역시 용산에서 전차로 경성 여학교에 다니게 되었다. 오고 가는 전차 안에서 가끔 얼굴을 마주치게 된 후로는 더욱 마음이 부풀어 오른 것 같았다. 언젠가 조는 진지하게 나에게 그 일을 내비친 적이 있었다. 처음에는 자기도 그런 정도는 아니었지만, 나이 많은 친구가 그 소녀의 아름다움을 칭찬하는 것을 듣고 나서는, 갑자기 뭐라 할 수 없을 정도로 그 소녀를 소중하고 아름답게 생각하게 되었다고, 그때 그는 그렇게 말했다. 입 밖에 내지는 않았지만, 예민한 그가 이런 일에 대해서도 또, 새삼스럽게, 반도인이라든가 내지인이라든가 하는 문제로 끙끙 가슴을 앓았으리라는 것은 추측하기 어렵지 않다. 나는 아직도 선명히 기억하고 있다. 어느 겨울날 아침, 남대문역 환승장에서 우연히 그 소녀로부터(완전히 상대방도 어떻게 되어 있어서 갑자기 그런 기분이 든 것 같았지만) 정면에서 인사를 받고, 당황하며 그것에 응한 그의, 추위로 코끝이 빨개진 얼굴을. 그리고 또 비슷

한 시기에 역시 전차에서 우리들과 그 소녀가 마주쳤을 때의 일을. 그때 우리들이 소녀가 앉아 있는 앞에 서 있는 동안, 옆 사람이 일어섰기 때문에, 그녀가 옆쪽으로 옮겨 앉으며 조를 위해(그러나 그것은 또 동시에 나를 위한 것이라고 해석할 수 없는 것은 아니지만) 자리를 비워 주었는데, 그때 조가 얼마나 당혹스러워하면서 동시에 기쁜 듯한 표정을 지었는지……. 내가 왜 이런 하찮은 일을 선명히 기억하고 있는가 하면 — 아니, 정말 이건 아무 상관없는 일이지만 — 그것은 물론, 나 자신 또한 몰래 이 소녀에게 애달픈 마음을 품고 있었기 때문이다.

그런데 그런 그의, 아니 우리들의 슬픈 연정은, 세월이 흘러, 우리들의 얼굴에 점차 여드름이 늘어감에 따라 어딘가로 사라져 버렸다. 우리들 앞에 차례차례 튀어 나오는 생의 불가사의 앞에서 그 모습을 잃고 말았다고 하는 편이 맞을 것이다. 이 무렵부터 차츰 우리들은 이 기괴하면서도 매력이 넘치는 인생의 수많은 사실에 대해 예리하고 호기심어린 눈을 번뜩이기 시작했다. 두 사람이 — 물론 어른들이 데려가준 것이지만 — 호랑이 사냥에 나간 것은 바로 이 무렵의 일이었다. 그러나 말이 나온 김에, 순서는 바뀌지만, 호랑이 사냥은 뒤로 미루고, 그 후의 그에 대해서 조금 더 이야기 해 두려고 한다. 그 후의 그에 대해서 생각나는 것이라면, 그저 두세 가지 일밖에 없으니까 말이다.

4

원래 그는 특이한 것에 흥미를 갖는 사내로, 학교에서 시키는 일에는 조금도 열의를 보이지 않았다. 검도 시간 등에도 대개는 아프다고 하여 견학생이 되어, 진지하게 머리에 방호구를 쓰고 죽도를 휘두르고 있는 우리들 쪽을, 예의 가느다란 조소어린 눈으로 보곤 했다. 어느 날 4교시 검도 시간이 끝나고 아직 방호구도 벗지 않은 내 곁으로 오더니, 어제 자기가 미쓰코시 백화점(현 신세계백화점) 갤러리에서 열대어를 보고 온 이야기를 하였다. 매우 흥분된 어조로 그 아름다움을 설명하더니, 자기도 한번 더 갈 테니까 꼭 나에게도 보러 가자는 것이었다. 그날 방과 후 우리들은 혼마치本町(명동) 거리에 있는 미쓰코시에 들렀다. 그것은 아마도 일본 최초의 열대어 전시였을 것이다. 3층 진열장으로 들어가

자, 창가 주위에 쭉 수조를 늘어놓았기 때문에, 장내는 수족관 속처럼 약간 푸르고 흐린 빛을 띠었다. 조는 먼저 창가 중앙에 있는 수조 앞으로 나를 데려갔다. 바깥 하늘이 투영되어 푸르게 비치는 맑은 물속에는, 얇은 비단으로 된 조그만 부채 모양의 아름답고 아주 얇으며 납작한 물고기 두 마리가 대여섯 가닥의 수초 사이를 한가롭게 헤엄치고 있었다. 언뜻 보아 가자미를 세로로 세워 헤엄치게 한 모습이었다. 게다가, 몸통과 거의 같은 크기의 삼각돛을 닮은 지느러미가 정말이지 훌륭했다. 움직일 때마다 색이 변하는 비단벌레와 같은 회백색의 몸통에는, 화려한 넥타이 무늬 같은 적자색의 굵은 줄무늬가 몇 개 정도 선명하게 그어져 있었다.

"어떠냐!" 하고, 열심히 들여다보고 있는 내 곁에서 조가 득의에 찬 목소리로 물었다.

유리의 두께 때문인지 녹색으로 보이는 기포의 상승 행렬. 바닥에 깔린 가는 하얀 모래. 거기에 나 있는 가는 잎의 수초. 그 사이에 장식풍의 꼬리지느러미를 소중히 여기는 듯이 유유히 움직여 헤엄치고 있는 마름모꼴의 물고기. 이런 것을 가만히 바라보고 있는 사이에, 나는 어느샌가 물안경(상자 모양의 안경, 상자 밑바닥에 유리를 붙여서 물속을 들여다보면서 물고기를 잡는 도구)으로 남태평양의 해저라도 들여다보고 있는 것 같은 기분이 들어 버렸다. 그러나 또 동시에 나에게는 조가 감격하는 방식이 너무 거창하다고 생각되었다. 그의 '이국적인 미'에 대한 애호는 전부터 잘 알고 있었지만, 이번 그의 감동에는 많은 과장이 들어 있음을 알아차리고는, 그 허풍스러운 태도를 꺾으리라 마음먹었다. 그래서 대충 다 본 다음에 미쓰코시를 나와, 둘이서 혼마치 거리를 내려가면서, 나는 그에게 일부러 이렇게 말해 주었다.

"그게 예쁘지 않은 것은 아니지만, 일본의 금붕어라도 그만큼은 예쁘겠다."

반응은 금방 나타났다. 입을 오므린 채 정면으로 나를 쏘아보는 그의 얼굴 표정은 — 그 여드름 자국투성이의, 예의 가느다란 눈, 벌렁한 콧방울, 두툼한 입술을 한 그의 얼굴은, 나의, 섬세한 미를 모르는 것에 대한 연민의 미소와 또 그보다도 심술궂은 나의 시니컬한 지금의 태도에 대한 항의, 그런 것들이 뒤섞인 복잡한 표정으로 순식간에 채워지고 말았다. 그 후 일주일 정도, 그는 나에게 말을 걸지 않았던 것으로 기억하고 있다.

5

그와 나 사이에는, 더 중요한 일이 많았음이 틀림없지만, 그러나 이상하게도 나는 이러한 작은 사건만 또렷이 기억하고 있고, 다른 일은 대개 잊어 버렸다. 인간의 기억이란 대체로 그런 것 같다. 이 밖에 내가 잘 기억하고 있는 일이라고 하면 ― 그래, 그 3학년 겨울, 군사 연습이 있던 밤이었다.

그것은 분명 11월도 다 지나갈 무렵의, 바람이 찬 날이었다. 그날 3학년 이상 생도는 한강 남쪽의 영등포 근처에서 화약만 재어서 쏘는 발화発火 연습을 실시했다. 척후로 나갔을 때, 약간 높은 언덕의 성근 나무 사이로 밑을 내려다보면, 거기에는 하얀 모래벌판이 저 멀리 이어지고, 그 가운데쯤을 무딘 칼날 같은 색을 한 겨울 강이 싸늘하게 흐르고 있었다. 그리고 그 아득히 먼 하늘에는 언제나 낯익은 북한산의 울퉁불퉁한 암석이 청자색으로 하늘에 선을 긋고 있었다. 그러한 겨울의 황량한 풍경 사이를, 보병의 가죽 배낭 냄새며 총 기름 냄새 또는 화약 연기 냄새 등을 맡으면서, 우리들은 하루 종일 이리저리 뛰어다녔다.

그날 밤은 한강 노량진 기슭에 텐트를 치게 되었다. 우리들은 피곤한 발을 이끌고 총 무게로 어깨에 통증을 느끼면서 걷기 힘든 강가의 모래 위를 서벅서벅 걸어갔다. 야영지에 도착한 것은 4시쯤이었을 것이다. 드디어 텐트 칠 준비를 하려는데, 지금까지 맑았던 하늘이 갑자기 흐려진다 싶더니, 후드득 후드득 큰 덩어리의 우박이 세차게 내리치기 시작했다. 엄청나게 큰 우박이었다. 우리들은 아픔을 참지 못하고, 아직 치지도 못한 채 모래 위에 펼쳐져 있던 텐트 밑으로, 앞 다투어 기어들어 갔다. 그 귓전에, 텐트의 두꺼운 천에 떨어지는 우박 소리가 크게 울렸다. 우박은 10분쯤 지나 그쳤다. 텐트 밑에서 머리를 내민 우리들은 ― 같은 텐트에 7, 8명이 머리를 처박고 있었던 것이다 ― 서로 얼굴을 마주하고 일시에 웃었다. 그때, 나와 조대환도 역시 같은 텐트에서 지금 머리를 내민 한 패임을 알았다. 그런데 그는 웃지 않았다. 불안한 듯이 파랗게 질린 안색으로 고개를 숙이고 있었다. 옆에는 5학년인 N이라고 하는 자가 서서,

뭔가 험상궂은 얼굴을 하고 그를 꾸짖고 있었다. 모두가 허둥지둥 텐트 밑으로 기어 들어갔을 때, 조가 팔꿈치로 그 상급생을 걷어 쳐서 안경을 떨어뜨렸다는 것 같았다. 원래 우리 중학교에서는 상급생이 대단히 뻐기고 다니는 전통이 있었다. 지나가다 만났을 때의 경례는 물론이고, 그 외의 어떤 일에 있어서도 상급생에게는 절대복종하는 것으로 되어 있었다. 그래서 나는 그때도 조가 얌전하게 사과할 것이라고 생각하고 있었다. 그런데 의외로 — 아마 우리가 옆에서 보고 있었기 때문인지도 모르지만 — 좀처럼 순순히 사과하지 않는 것이다. 그는 고집스럽게 입을 다문 채 우두커니 서 있기만 했다. N은 한참 동안 조를 밉살스럽게 내려다보고 있다가, 우리들 쪽을 힐끗 보고는, 그대로 휙 뒤돌아 사라져 버렸다.

사실, 이때뿐만이 아니라, 조는 예전부터 상급생들에게 찍혀 있었다. 첫째, 조는 그들을 길가다 만나도 경례를 잘 하지 않는다고 한다. 이것은 조가 근시인데도 안경을 쓰지 않아서 생기는 경우가 많은 것 같았다. 그렇지 않더라도 원래 조는 나이에 비해 조숙해서, 상급생들의 우쭐대는 행위에 대해서도 때로는 쉬이 조소하였고, 게다가 그 무렵부터 나가이 가후永井荷風(탐미파 작가)의 소설을 탐독할 정도여서, 고지식한 선배들이 볼 때 다소 겉멋이 들어있기도 했으므로, 상급생들에게 찍히는 게 당연했을 것이다. 조가 한 말에 따르면, 아마 두 번 정도 '건방진 놈. 안 고치면 맞는다'라며 겁을 주었다고 한다. 특히 이번 연습이 있기 이삼일 전쯤에는 학교 뒤 숭정전이라는, 옛날 이왕조의 궁전 터 앞으로 끌려가서 여차하면 맞을 뻔했던 것을, 운 좋게 생도감이 봐서 겨우 빠져 나왔다고 했었다. 조는 나에게 이 이야기를 하면서도 입가에는 여느 때와 같은 조소어린 표정을 하고 있었는데, 그때 또 갑자기 진지하게 이런 말을 했다. 자기는 결코 그들을 무서워하지 않고 또 맞는 것이 두렵지도 않지만, 그럼에도 불구하고 그들 앞에 나가면 떨린다. 당치도 않다고 생각해도 자동적으로 몸이 조금씩 떨리기 시작하는데, 도대체 이것은 어떻게 된 일일까, 라고 그때 그는 진지한 표정으로 나에게 묻는 것이었다. 그는 항상 사람을 얕보는 듯한 웃음을 띠고 다른 사람에게 자기 속을 보이지 않으려고 늘 경계하고 있으면서도, 가끔 불쑥 이렇게 솔직한 면을 내보였다. 물론 그렇게 솔직한 면을 드러내 보인 다음에는, 반드시 곧 바로 지금의 행위를 후회하는 듯한 얼굴을 하며 다시 원래의 냉소적인 표정으로 되돌아가기는 했었지만.

상급생과의 사이에 지금 이야기 한 것과 같은 일이 전부터 있었기 때문에, 그래서 그도, 그때 순순히 사과할 수 없었던 것이다. 그날 저녁, 천막을 치고 나서도, 그는 여전히 불안해하며 안절부절 못하고 있었다.

몇 십 개의 천막을 강가에 치고, 안에 지푸라기 등을 깔아 준비가 다 되자, 각각 천막 안에서 불을 피우기 시작했다. 처음에는 장작이 타면서 나는 연기로 도저히 안에 있을 수가 없었다. 이윽고 그 연기가 잠잠해지자, 아침부터 배낭 속에서 이미 굳어진 주먹밥으로 식사를 하였다. 식사가 끝나면 일제히 밖으로 나가 인원점호. 이를 마치면 각자 천막으로 돌아가, 모래 위에 깔아 놓은 지푸라기 위에서 쉬게 된다. 천막 밖에서 서는 보초는 1시간 교대로, 내 차례는 새벽 4시부터 5시까지였기 때문에, 그때까지 충분히 수면을 취할 수 있었던 셈이다. 같은 천막에는 우리들 3학년 다섯 명과(그중에는 조도 섞여 있었다) 거기에 감독이라는 명목으로 4학년이 두 명 더 있었다. 모두 처음에는 잠이 들 것 같지 않았다. 한가운데 모래를 파서 만든 간이 화로에 둘러앉아, 불빛으로 새빨갛게 달아오른 얼굴을 하고서도, 밖으로부터 그리고 땅 밑으로부터 스며드는 추위에 외투 깃을 세워 목을 움츠리고, 우리들은 시시한 잡담에 빠져들었다. 그날, 우리들의 교련 교관인 만년 소위님께서 낙마할 뻔했다는 이야기며, 행군 도중에 민가의 뒤뜰에 들어갔다가, 그 집 농부들과 싸운 일, 정찰 나간 4학년이 농땡이를 피워 몰래 품속에 감춰 온 포켓 위스키 잔을 기울이고 나서, 돌아와서는 적당히 둘러대며 보고를 했다, 라는 등의 시시한 자랑 이야기, 이런 저런 이야기를 하고 있던 중에, 결국 어느샌가 소년다운, 지금 생각하면 실로 순진한 음담패설로 옮겨 가 있었다. 역시 1년 선배인 4학년이 주로 그런 화제의 제공자였다. 우리들은 눈을 반짝거리며 경험담인지 아니면 그들의 상상인지 알 수 없는 상급생의 이야기에 빠져들어, 정말 별 것도 아닌 일에도 와하고 즐거운 환성을 질렀다. 다만 그중에서 조대환 혼자만은 그다지 재미있지 않다는 표정을 짓고 묵묵히 있었다. 조로서도 이런 종류의 이야기에 흥미가 없는 것은 아닐 것이다. 단지, 상급생의 대단치 않은 농담을 아주 재미있다는 듯이 웃거나 하는 우리들의 태도에서 '비굴한 추종'을 보고는, 그것을 답답하게 생각하고 있었던 것이었다.

이야기에 싫증이 나고 낮의 피곤이 몰려들자, 각자 추위를 견디기 위해 서로 몸을 맞대고 짚 위에 누웠다. 나도 누운 채, 모직 셔츠 3장을 껴입고 그 위에 재킷과 외투를 겹쳐 입었는데도 여전히 오싹 몰려드는 추위에 한참을 떨다가, 그래도 어느샌가 깜박 잠이 들어 버렸던 모양이다. 문득 뭔가 큰소리를 들은 것 같아 눈을 뜬 것은, 그로부터 두세 시간쯤 지난 후였을까. 그 순간 나는 뭔가 나쁜 일이 일어난 것 같은 느낌이 들어, 가만히 귀 기울여 들어 보니, 천막 밖에서 다시 한번 묘하게 새된 목소리가 들려왔다. 그 소리는 어쩐지 조대환인 듯했다. 나는 깜짝 놀라, 저녁때 내 옆에 누워 있던 그의 모습을 찾았다. 조는 그 자리에 없었다. 아마 보초 설 시간이 되어서 밖에 나가 있는 것이겠지. 그렇다면 저 묘하게 겁먹은 목소리는? 그러자, 그때 이번에는 똑똑하게 떨리는 그의 소리가 천막 한 장을 사이에 두고 밖에서 들려왔다.

"그렇게 잘못했다고는 생각하지 않습니다."

"뭐? 잘못했다고 생각하지 않아?"라고 이번에는 다른 굵은 목소리가 덮쳐누르듯이 울려 퍼졌다.

"건방지게. 너!"

그와 동시에 분명하게 철썩하고 뺨 때리는 소리가, 그리고 그 다음에 총이 모래 위에 쓰러지는 듯한 소리가, 다시 한번 세차게 몸을 치는 듯한 둔탁한 소리가 두세 번 연이어 들렸다. 나는 그 순간 모든 것을 이해했다. 나에게 나쁜 예감이 들었던 것이다. 평소에도 미움을 받았던 조였고, 거기다 낮의 일도 있고 해서 혹시 오늘 밤 같은 기회에 당하는 것이 아닌가하고, 저녁 내내 나는 그런 느낌이 들었었다. 그것이 지금, 정말로 일어나고 있는 모양이었다. 나는 천막 안에서 몸을 일으켰지만, 어쩌지도 못하고, 단지 가슴만 두근거린 채, 잠시 가만히 바깥 동정을 살피고 있었다. (다른 친구들은 모두 잘 자고 있었다.) 마침내 밖에서는 두세 명이 멀어져 가는 기미가 보이는가 싶더니 고요한 적막으로 돌아왔다. 나는 옷을 고쳐 입고, 살짝 천막을 나와 봤다. 밖은 의외로 새하얀 달밤이었다. 그리고 천막으로부터 2간間(약 22미터) 정도 떨어진 곳, 달빛을 받아 새하얀 모래밭 위에, 검고 작은 강아지처럼 덩그러니 소년 하나가 웅크린 채, 꼼짝 않고 얼굴을 파묻고 있었다. 총은 그 옆 모래 위에 쓰러져 있었고, 그 칼끝이 번쩍번쩍 달빛에 빛나고 있었다. 나는 곁으로 다가가 그를 내려다보며 "N이냐?"고 물었다. N은 낮에 그와 언쟁을 벌인 5학년의 이름이었다. 조는, 그러나, 고개를 숙인 채 대답을 하지 않았다. 한참이 지난 후, 갑자기 와 하고 소리를 지르며 몸을 차디찬 모래 위로 내던지고는 어깨를 들썩이며, 엉엉 소리 높여 갓난애기처럼 울기 시작했다. 나는 정말 놀랐다. 10미터 정도 떨어진 곳에서는 옆 천막 보초도 보고 있었던 것이다. 그런데 조의, 이런 평소와 다른 진솔한 통곡이 나를 감동시켰다. 나는 그를 부축하여 일으켜 세우려 했다. 그는 좀처럼 일어나지 않았다. 겨우 안아 일으키자, 다른 천막의 보초들에게 들키고 싶지 않은 마음에서, 그를 잡아끌고 강 쪽으로 데려갔다. 18, 9일경의 달이 럭비공 같은 모습을 하고 추운 겨울 하늘에 환하게 걸려 있었다.

새하얀 모래밭 위에는 삼각형의 천막이 죽 늘어서 있고, 그 천막 밖에는 보초들이 모두 일곱 여덟 개씩의 총검과 함께 짝지어져 서 있었다. 보초들은 새하얀 숨을 내쉬면서 차갑다는 듯이 총 개머리판을 받치고 서 있었다. 우리는 그 많은 천막들로부터 떨어진 한강 본류 쪽으로 걸어갔다. 정신이 들고 보니, 나는 어느샌가 조의 총을(모래 위에 쓰러져 있던 것을 주워서) 대신 메고 있었다. 조는 장갑을 낀 양손을 축 늘어뜨리고 고개를 숙이고 걷고 있었는데, 그때, 불쑥 — 여전히 고개를 숙인 채로 이런 말을 꺼냈다. 그는 아직 울고 있었기 때문에, 그 목소리도 오열로 가끔 끊기긴 했지만. 그는 말했다. 마치 나를 책망하는 듯한 투로.

"도대체 뭘까. 강하다든가, 약하다든가, 하는 것은."

말이 너무도 간단했기 때문에, 그가 말하려고 하는 것을 확실히는 이해할 수 없었지만, 그 말투가 나의 가슴을 울렸다. 평소의 그다움은 조금도 보이지 않았다.

"나는 말이야(라며 여기서 한번 아이처럼 울먹이고는), 나는, 저런 놈들에게 맞았다고 해서, 맞은 것을 졌다고는 생각지 않아. 정말로. 그런 것인데, 역시(여기서 다시 한번 흐느끼며)

역시 나는 분해. 그런데 분하지만 덤벼들 수 없어. 무서워서 덤빌 수 없어."

여기까지 말하고 말이 끊겼을 때, 나는, 여기서 그가 다시 한번 큰소리로 울지 않을까 싶었다. 그 정도로 목소리가 격해져 있었다. 그러나 그는 울지 않았다. 나는 그를 위로할 적당한 말이 떠오르지 않는 것을 안타깝게 생각하면서, 말없이, 모래 위에 거뭇거뭇하게 드리워지는 우리들의 그림자를 보면서 걸어갔다. 소학교 운동장에서 나와 맞붙었던 이래 처음으로, 그는 완전한 겁쟁이가 되어 있었다.

'강하다든가, 약하다든가 하는 게, 뭘까……. 정말'이라고, 그때 그는 다시 한번 그 말을 되뇌었다. 우리는 어느샌가 한강 본류의 강기슭까지 와 있었다. 강가 쪽은 벌써 일대에 살얼음이 깔려 있었고, 가운데의 드넓게 흐르는 곳에도 꽤 큰 얼음 덩어리가 몇 개쯤 떠다니고 있었다. 수면이 드러나 있는 곳은 아름답게 달빛에 빛나고 있었지만, 얼음이 언 부분은 달빛이 불투명 유리처럼 지워져 있다. 이제 일주일 안에는 완전히 얼어 버리고 말겠지, 라고 생각하며 수면을 바라보고 있던 나는, 그때, 문득 그가 아까 했던 말을 생각하며, 그 숨은 뜻을 발견한 것 같아 깜짝 놀랐다. '강하다든가 약하다든가 하는 게 도대체 뭘까'라는 조의 말을, 그때 갑자기 알아차린 것이다. ― 단순히 현재 그라는 한 개인에 대한 감개만은 아니지 않을까, 라고 그때 나는 생각했던 것이다. 물론 지금 생각해 보면, 이것은 나의 지나친 생각이었을지도 모른다. 조숙하다고는 해도, 겨우 중학교 3학년 말에, 그런 의미까지 생각하려고 했다는 것은 어쩐지 그를 너무 과대평가하고 있었던 것처럼 생각되기도 한다. 그런데, 항상 자신의 출신 따위에 대해 신경을 쓰지 않는 것처럼 하면서 실은 매우 신경을 쓰고 있었던 조였고, 또 상급생에게 괴롭힘을 당하는 이유의 일부도 그 점 때문이라고 스스로 생각하고 있었다는 것을 잘 알고 있던 나였기에, 내가 그때 그런 식으로 생각한 것도 무리는 아니었던 것이다. 그렇게 생각하면서 이제 나와 나란히 서 있는 조의 풀 죽은 모습을 보자, 그렇지 않아도 위로해 줄 말을 못 찾던 나는, 더욱 뭐라 말을 걸어야 좋을지 몰라, 그저 잠자코 강물만 바라볼 뿐이었다. 그런데 그래도 나는 뭔지 모르게 마음속으로는 기뻤다. 그 빈정거리고 거드름을 피우던 조가, 어느 때의 점잖은

옷을 완전히 벗어 버리고 ─ 앞서 말한 것처럼, 예전에도 때때로 그런 일이 없었던 것은 아니었지만, 오늘 밤처럼 솔직한 격렬함으로 나를 놀라게 한 적은 없었다 ─ 벌거벗은, 겁쟁이의, 그리고 내지인이 아닌 반도인의 그를 보여 주었다는 것이, 나에게 만족감을 주었던 것이다. 우리들은 그렇게 잠시 추운 강가에 선 채, 달빛에 비친 건너편 기슭의 용산에서 독촌현毒村県과 청량리에 걸친 새하얀 야경을 바라보고 있었다…….

그 야영을 했던 밤에 있었던 사건 이외에는, 그에 대해 생각나는 것이라고는 별로 없다. 그도 그럴 것이, 그러고 나서 곧 (아직 우리들이 4학년이 되기 전에) 그는 갑자기, 정말로 갑자기, 나에게조차 한마디 예고도 없이, 학교에서 모습을 감추고 말았기 때문이다. 말할 것도 없이, 나는 바로 그의 집을 찾아가 보았다. 그의 가족은 물론 거기에 있었다. 단지 그만 없었다. 중국 쪽에 잠시 갔다, 라는 그의 부친의 불완전한 일본어 답변 외에는, 어떤 단서도 얻을 수 없었다. 나는 매우 화가 났다. 미리 뭐라고 한마디쯤 인사라도 했으면 좋았을 것이다. 나는 그의 실종 원인을 여러 가지로 생각해 보려고 애썼지만 헛수고였다. 그날 밤 야영 때 있었던 사건이 직접적인 동기가 되었던 것일까. 그런 일만으로, 학교를 그만둘 정도의 이유가 됐으리라고는 생각되지 않았지만, 역시 어느 정도는 관계가 있을 듯한 느낌도 들었다. 그렇게 생각되자, 점점 예의 그가 말한 '강하다, 약하다' 운운했던 말이 의미 있게 생각되는 것이었다.

얼마 안 있어 그에 관해 여러 가지 소문이 나돌았다. 그가 어떤 저항운동 패거리에 가담하여 활약하고 있다는 소문이 한동안 들렸다. 그 다음에는 그가 상해에 가서 타락하였다는 등의 이야기도 — 이것은 좀 시간이 지나서지만 — 들렸다. 양쪽 다 있을 수 있는 일이라 생각되었고, 또 동시에 양쪽 다 근거 없는 일처럼 생각되기도 했다. 이렇게 해서, 나는 중학교를 마치자 곧 도쿄로 돌아갔고, 그 후 그의 소식은 묘연하여 들은 바가 없다.

6

호랑이 사냥 이야기를 한다면서, 어쩐지 조금 지나치게 앞질러 간 것 같다. 그러면 이쯤에서, 드디어 본론으로 돌아가지 않으면 안 된다. 이 호랑이 사냥 이야기라고 하는 것은, 전에도 말했듯이, 조가 행방을 감추기 2년쯤 전의 정월, 다시 말해 나와 조가, 소학교 때의 예의 눈매가 길고 아름다운 부급장을 잊으려고 했던 것은 아닌데 차츰 잊혀지고 있을 때의 일이다.

어느 날 학교가 끝나고 여느 때와 같이 조와 둘이서 전차 정류장까지 오자, 그는 좋은 이야기가 있으니까 다음 정류장까지 걸어가자고 했다. 그리하여 그때 같이 걸으면서, 그는 나에게 호랑이 사냥에 가고 싶지 않느냐는 말을 꺼냈다. 이번 토요일에 그의 부친이 호랑이 사냥을 가는데, 그때 그도 데리고 가 주기로 되어 있다는 것이다. 그런데 나라면, 예전부터 이름도 알고 있어서 그의 부친도 틀림없이 허락할 것이므로 같이 가자는 것이다. 나는 호랑이 사냥 같은 것은 지금까지 전혀 생각해 본 적이 없었던 만큼, 그때 한참 동안 놀란 듯이, 그의 말이 사실인지 아닌지를 의심하는 듯한 눈빛으로 그를 쳐다보았던 것 같다. 정말이지, 호랑이라는 놈이 동물원이나 어린이 잡지의 삽화 이외에, 바로 내 눈앞에 현실로 — 그것도 내가 동의만 한다면, 요 삼사 일

안에 — 나타난다는 것은, 그야말로 꿈에도 생각할 수 없었던 일이었기 때문이다. 나는 먼저, 그가 나를 놀리려는 것이 아님을 재삼, — 그가 약간 기분 나빠 할 정도로 — 확인하고 나서, 그 장소며 동행할 사람, 비용 등을 물었던 것이다. 그렇게 한 끝에, 그의 부친이 허락한다면 — 이라기보다도, 제발 부탁이니 어떤 일이 있어도 데려가 달라고, 내가 말했음은 말할 것도 없다. 조의 부친은 원래 옛날부터 명문 집안의 신사로, 구한말에는 상당한 관직에 있었던 것 같다. 그래서 관직을 그만둔 지금도 소위 양반으로, 그 집이 경제적으로 넉넉한 것은 아들의 복장을 보고도 알 수 있었다. 단지 조는 — 반도인으로서의 자기 집 생활을 보여 주고 싶지 않았던 것이다 — 자기 집에 놀러 오는 것을 싫어했기 때문에, 나는 여태까지 한 번도 그의 집에 — 위치는 알고 있었지만, 가 본 적이 없어서, 그런 연유로 그의 부친 얼굴도 몰랐다. 듣고 보니 호랑이 사냥은 거의 매년 간다는데, 조대환을 데려가는 것은 올해가 처음이라고 한다. 그래서 그도 흥분해 있었다. 그날, 둘은 전차를 내려서 헤어질 때까지 이 모험에 대한 상상을, 특히 어느 정도까지 자기들이 위험에 노출될지에 대해 여러 가지로 이야기를 나누었다. 그런데 그와 헤어져 집에 돌아가서 부모의 얼굴을 보고 나서야 처음으로, 나는 멍청하게도 이 모험의 맨 앞에 가로막힌 대단히 큰 장애물을 발견했어야 했다. 어떻게 하면 나는 부모의 허가를 얻을 수가 있을까? 어려움은 먼저 거기에 있었다. 원래 우리 집에서 아버지는 스스로 늘 일선융화日鮮融和 등을 입에 담으면서도, 내가 조와 친하게 지내는 것을 별로 탐탁해 하지 않았다. 하물며 호랑이 사냥을 하는 위험한 곳에 그런 친구와 같이 간다느니 하는 것을 절대로 허락할 리가 없다. 이것저것 생각한 끝에, 나는 다음과 같은 수단을 취하기로 결심했다. 중학교 근처의 서대문에 친척 — 나의 사촌 누이가 시집간 곳 — 이 살고 있었다. 토요일 오후, 거기에 놀러 간다고 하고 집을 나오며, 어쩌면 오늘 밤 자고 올지도 모른다고 말해 둔다. 우리 집에도 그 친척 집에도 전화가 없으니, — 적어도, 그날 밤만은 완전히 속일 수 있는 셈이다. 물론 나중에 들킬 게 뻔하지만, 그때는 아무리 심하게 혼나도 괜찮다. 어쨌든 그날 밤만은 어떻게든 속이고 가 버리자고 생각했다. 그 정도로 나는 신기하고 귀한 경험을 하기 위해서는 부모의 꾸중 정도는 대수롭게 생각하지 않는 작은 향락가였다.

그 다음 날 아침, 학교에 가서 조에게, 그의 아버지께서 승낙을 해주셨는가를 묻자, 그는 화가 난 듯한 표정으로 "당연하지"라고 대답했다. 그날부터 우리들에게 수업 따위는 통 귀에 들어오지 않았다. 조는 나에게 아버지로부터 들은 여러 가지 이야기를 들려주었다. 호랑이는 밤이 아니면 먹이를 잡으러 나오지 않는다는 것, 표범은 나무에 오를 수 있지만 호랑이는 오를 수 없다는 것, 우리가 가려는 곳에는 호랑이만 있는 것이 아니라 표범도 있을지 모른다는 것, 그 외에 총은 미제 레밍턴(레밍턴사의 산발총)을 사용한다든가, 윈체스터(윈체스터사의 연발식 라이플총)로 한다든가 마치 자기는 아주 옛날부터 알고 있었다는 양, 갖가지 예비지식을 주는 것이었다. 나도 평소 같으면 '뭐야, 남에게 들은 주제에'라고 한마디 쏴 주었을 것이지만, 여하튼 이 모험에 대한 상상에 정신없이 빠져 있었던 때였기에, 그가 아는 척하는 말을 기쁘게 경청했다.

금요일 방과 후, 나는 혼자서 (조에게도 비밀로 하고) 창경원에 갔다. 창경원이란 옛날 이조李朝의 정원으로, 지금은 동물원이 되어 있는 곳이다. 나는 호랑이 우리 앞으로 가서, 잠시 멈춰 섰다. 스팀이 나오는 우리 안에서 1미터도 떨어져 있지 않은 곳에서, 호랑이는 앞발을 얌전히 모으고 누워서 눈을 가늘게 뜨고 있었다. 잠들어 있는 것 같지는 않았지만, 곁으로 다가간 내 쪽으로는 눈길 한 번 주지 않았다. 나는 가능한 한 가까이 다가가 자세히 관찰했다. 확실히 송아지 한 마리 정도는 얹혀 있는 듯 솟아 오른 등의 살집. 등 색깔은 진하고 복부 쪽으로 내려감에 따라 엷어진다. 그 누런 바탕색 위를 선명하게 물들이며 흐르는 검은 줄무늬. 눈 위며 귀 끝에 나있는 하얀 털. 덩치에 어울리는 크기로 튼튼하게 만들어진 머리와 턱. 거기에는 사자에게서 볼 수 있는 장식풍의 엄청난 크기가 아닌, 정말이지 현실적인 사나움이 느껴졌다. 이러한 짐승이, 곧 산중에서 내 눈 앞에 나타난다고 생각하자, 자연히 가슴이 두근두근 거리는 것을 멈출 수가 없었다. 한참을 관찰하고 있던 나는 지금까지 몰랐던 것을 발견했다. 호랑이의 볼과 턱밑이 하얗다는 것이다. 그리고 또, 코끝이 새까맣고 고양이의 그것처럼 아주 말랑말랑해 보이며, 살짝 손을 뻗어 만져 보고 싶게 생긴 것도 나를 기쁘게 했다. 나는 그런 발견들에 만족해서 돌아가려고 했다. 그런데 내가 여기에 서서 보고 있었던 약 1시간 동안, 이 짐승은 나에게 한 번도 눈길을 주지 않았던 것이다. 나는 모욕을 당한 듯해서, 마지막으로 짐승의 으르렁대는 소리를 내어 그의 주의를 끌어 보려고 했다. 그러나 헛수고였다. 그는 가느다랗게 감은 눈을 뜨려고조차 하지 않았다.

드디어 토요일이 되었다. 4교시의 수학시간이 끝나기가 무섭게 나는 서둘러 집으로 갔다. 그리고 점심을 다 먹자, 평상시보다 두 장의 셔츠를 더 껴입고, 두건이며 귀마개 등 방한용품을 충분히 준비하고 나서 미리 생각해 둔대로 "친척집에서 자고 올지도 몰라요"라고 말하고 밖으로 나왔다. 4시 기차 시간에는 조금 일렀지만, 집에서 잠자코 기다리고 있을 수가 없었던 것이다. 약속한 남대문역의 1, 2등 대합실에 갔더니, 놀랍게도 벌써 조는 와 있었다. 평소의 제복이 아니라 스키복 같은, 위부터 아래까지 전체가 검은색의 따뜻해 보이는 간편한 복장을 하고 있었다. 그의 아버지와 친구도 곧 올 것이라고 한다. 둘이서 한참 이야기를 하고 있는 사이, 대합실 입구에 수렵용 옷에 각반을 두르고, 큰 엽총을 어깨에 맨 두 신사가 나타났다. 그들을 보자 조는 약간 손을 들어 그들을 부르고는, 키가 크고 수염이 없는 사람을 향해 나를 '나카야마 군'이라고 소개했다. 그것이 그의 아버지와의 첫 대면이었다. 오십이 조금 안 되어 보이는 훌륭한 체격의, 혈색이 좋은, 아들과 똑같은 가느다란 눈을 한 아버지였다. 내가 말없이 머리를 숙이자, 저쪽은 미소로써 받아 주었다. 말을 하지 않은 것은, 아들인 조가 미리 말해 주었듯이, 일본어가 별로 능숙하지 않았기 때문일 것이다. 또 한 사람, 갈색 수염을 기른, 한눈에 내지인이 아님을 알 수 있는 남자에게도 나는 약간 머리를 숙였다. 그 남자도 묵묵히 이에 응해 주었고, 조의 조선어 설명을 들으면서 나의 얼굴을 내려다보고는 미소지었다.

발차 시각은 4시 정각. 일행은 나를 포함한 4명 이외에, 한 사람 더, 이 사람은 어느 쪽 하인인지는 모르지만, 주인들의 방한구며 식량이며 탄약 등을 짊어진 남자가 따라와 있었다.

기차에 탄 후에도, 나란히 앉은 조와 나는 둘이서만 이야기를 계속하고, 어른들과는 거의 말을 하지 않았다. 조는 내 앞에서는 조선어를 사용하는 것을 별로 좋아하지 않는 것 같았다. 가끔 맞은편에 앉아 있는 아버지의 주의를 주는 듯한 말에도 극히 간단하게 대답할 뿐이었다.

겨울 해는 기차 안에서 완전히 저물어 버렸다. 철도가 산악지대로 들어가자, 창밖에 눈이 쌓여 있는 것 같았다. 기차가 목적지 역 ― 그것은 사리원 바로 전의 뭐라던가 하는 역이었는데, 그것이 지금 아무리 애써도 생각나지 않는다. 정경은 하나하나 실로 선명하게 기억하고 있는데, 이상하게도 중요한 역 이름은 까맣게 잊어버린 것이다 ― 에 도착했을 때에는 벌써 7시가 넘어 있었다. 등불이 어둡고 낮은 목조로 된 작은 역 앞에 내려섰을 때, 시커먼 하늘로부터 눈 위를 어루만지며 오는 바람에 나도 모르게 목이 움츠려졌다. 역 앞에도 인가 같은 것은 전혀 없다. 눈보라 치는 들판 저편의 별만이 총총한 달 없는 하늘에는 거뭇거뭇하게 산처럼 보이는 그림자가 우뚝 솟아 있을 뿐이었다. 외길을 2, 3정町(1정은 약 109미터) 정도 간 곳에서, 우리들은 오른편에 덩그러니 서 있는 한 채의 낮은 조선 가옥 앞에 멈춰 섰다.

문을 두드리자 즉시 안에서 문이 열리며 노란 불빛이 눈 위로 흘러 나왔다. 모두가 들어갔기 때문에 나도 낮은 대문 안으로 허리를 숙이고 들어갔다. 집안은 전부 기름종이를 깐 온돌로 되어 있어서 갑자기 따뜻한 온기가 확 하고 온 몸을 감쌌다. 안에서는 7, 8명의 조선인이 담배를 피우면서 이야기를 하고 있다가, 이쪽을 보고는 일제히 인사를 했다. 그러자, 그중에서 이 집의 주인처럼 보이는 빨간 수염의 남자가 나와서, 잠시 조의 아버지와 뭐라고 이야기를 하고는 안으로 들어갔다. 이야기는 전부터 되어 있던 것 같았고, 차를 한잔 마시자, 드디어 두 명의 전문 사냥꾼과 5, 6명의 몰이꾼이 — 사냥꾼과 몰이꾼은 거의 같은 모습을 하고 있어서 분간하기 어려웠지만, 나는 조의 말을 듣고 그들이 갖고 있는 총의 크기로 그것을 구별할 수 있었다 — 우리들을 따라서 밖으로 나왔다. 밖에는 4마리 정도의 개도 기다리고 있었다.

눈빛으로 밝은 좁다란 시골길을 5리 정도 가자, 드디어 산길로 접어들었다. 바로 전에 내린 성근 잡목 사이의 눈을 짚신으로 뽀드득 뽀드득 힘껏 밟으면서 몰이꾼들이 먼저 올라갔다. 앞서거니 뒤서거니 하면서, 개가 ― 눈에 반사되는 빛만으로는 털 색깔을 확실히 알 수 없었지만, 그다지 큰 개는 아니다 ― 샛길로 가서는, 여기저기 나무뿌리며 바위 모퉁이의 냄새를 맡으며 잔달음질 치며 갔다. 우리들은 이보다 조금 뒤처져서 한 무리가 되어, 그들의 발자국을 밟고 간다. 돌연 옆에서 호랑이가 뛰쳐나오지는 않을까, 뒤에서 덤벼들면 어떻게 하나, 라는 등 가슴을 두근거리면서, 나는 더 이상 조와 말도 하지 않고 묵묵히 걷기만 했다. 올라갈수록 길은 점차 나빠졌다. 결국에는 길이 없어져, 뾰쪽한 나무뿌리며 돌출된 암각을 밟고서 올라갔다. 지독한 추위였다. 콧속이 얼어서 당겨 왔다. 두건을 쓰고 귀에는 모피를 대었지만, 역시 귀가 떨어져 나갈 듯이 아팠다. 바람이 때때로 나뭇가지 끝을 흔들 때마다 깜짝깜짝 놀랐다. 올려다보면, 드문드문 앙상한 나뭇가지 사이로 별이 선명하게 빛나고 있었다. 이런 산길이 약 3시간이나 계속되었을까. 작은 산만큼 큰 바위 밑동을 한 바퀴 돌아서 이미 꽤 지쳐 있던 우리들은, 그때 숲 속의 자그마한 공터로 나왔다. 그러자 우리들보다 조금 전에 도착해 있던 몰이꾼들이, 우리들의 모습을 보고는 손을 들어 신호를 보내는 것이었다. 모두 그쪽으로 달려갔다. 나도 깜짝 놀라 뒤처지지 않게 달려갔다. 그들 중 한 사람이 가리키는 곳을 보자, 과연 눈 위에 또렷이, 직경 7, 8촌寸(1촌은 약 3센티미터)은 될 것 같은, 고양이의 그것과 똑같은 발자국이 찍혀져 있다. 그리고 그 발자국은 조금씩 간격을 두고, 우리들이 온 방향과는 직각으로 공터를 가로질러 숲에서 숲으로 이어지고 있었다. 게다가 몰이꾼들 중 한 사람의 말을 조가 번역해 주기를, 이 발자국은 새로 난 것이라는 것이다. 조도 나도 극도의 흥분과 공포 때문에 아무 말도 못하게 되어 버렸다. 일행은 한참을 이 발자국을 따라, 나무 사이를 방심하지 않고 앞뒤로 주의를 기울이며 나아갔다. 이윽고 이 발자국이 숲 사이의 또 다른 공터로 이어졌을 때, 우리들은 그 숲 귀퉁이에 많은 나목에 섞여 서 있는 큰 소나무 두 그루를 발견했다. 안내인들은 잠시 그 양쪽을 비교해 보다가, 마침내 구불구불하게 굽은 쪽으로 기어올라, 등에 짊어지고 온 막대기며 판자며 멍석 등을 그 가지와 가지 사이에 박아 붙여, 즉석으로 관람석을 만들어 냈다. 지면에서 4미터 정도의 높이였을 것이다. 그

안에 짚을 깔고, 거기에서 우리들은 기다리는 것이다. 호랑이는 갈 때 지나간 길을 돌아갈 때도 반드시 지난다고 한다. 그러므로 그 소나무 가지 사이에서 이렇게 기다리다가 호랑이가 돌아갈 때를 맞이해 쏘자는 것이었다. 세 개의 굽은 굵은 나뭇가지 사이에 만든 지푸라기를 깐 관람석은 의외로 넓어서, 앞서 말한 우리 네 사람 외에 두 명의 사냥꾼도 거기에 들어올 수가 있었다. 나는 그곳에 올라가서, 이제는 적어도 뒤에서 당할 걱정은 없다고 생각하며 안심했다. 우리들이 올라가자, 몰이꾼들은 개를 데리고 각각 총을 어깨에 메고 횃불을 준비해서, 숲 속 어딘가로 사라지고 말았다.

점차 시간이 흘러갔다. 하얀 눈 때문에 땅 위는 꽤 밝게 보였다. 우리들의 아래는 50평 정도의 공터로 그 주위에는 성근 숲이 이어져 있었다. 잎이 떨어져 있지 않은 것은 우리들이 올라가 있는 나무와 그 옆의 소나무 정도이고 그 외에는 거의 보이지 않았다. 그 앙상한 나무줄기가 하얀 땅 위에 거뭇거뭇하게 뒤섞여 보였다. 가끔 거센 바람이 불어오면 숲은 일시에 술렁대고, 이윽고 바람이 잦아들면서 그 소리도 먼바다에서 울려오는 파도소리처럼 점차 희미해져, 차디찬 하늘 어딘가로 사라져 버렸다. 소나무 가지와 솔잎 사이로 올려다보이는 별빛은 우리들을 위협하듯 날카로웠다.

그런 감시를 한참 하고 있던 사이에 조금 전의 공포는 상당히 사라졌다. 그런데 그 대신 이번에는 추위가 사정없이 밀려들어 왔다. 털양말을 신고 있었던 발끝으로부터 차츰 차가움인지 아픔인지도 알 수 없는 감각이 올라왔다. 어른들은 어른들끼리 끊임없이 이야기를 나누고 있었지만, 나는 가끔 들려오는 '호랑이'라고 하는 말 외에는 전혀 알아들을 수가 없었다. 나도 억지로라도 기운을 내보려고 캐러멜을 입안에 가득 넣고, 추위에 떨며 조와 이야기하기 시작했다. 조는 나에게 몇 해 전 이 부근에서 호랑이에게 습격당한 조선인 이야기를 했다. 호랑이 앞발의 일격으로 그 남자의 머리에서 턱에 걸친 얼굴 반쪽이 도려낸 듯이 떨어져 나갔다고 한다. 분명히 아버지로부터 전해 들었음에 틀림없는 이 이야기를, 조는 마치 자신이 눈앞에서 보고 온 것처럼 흥분해서 말했다. 그 말투는 마치 그런 참극이 지금이라도 눈앞에서 일어나기를 갈망하고 있는 것 같았다. 그리고 실은 나도 그 이야기를 들으면서, 나에게 위험이 없는 범위에서, 그런 일이 일어났으면 좋겠다는 기대를 은밀히 품었던 것이다.

그런데, 두 시간을 기다려도 세 시간을 기다려도 전혀 호랑이가 나타날 기미가 보이지 않았다. 이제 두 시간 정도면 날이 밝아 오겠지. 조의 아버지의 이야기에 따르면, 호랑이 사냥하러 와서 이렇게 바로 금방 지나간 발자국을 발견한다는 것은 정말이지 운이 좋은 것으로, 대개는 이삼 일 산기슭의 농가에 머물러야 한다고 한다. 그렇다면 오늘 밤은 나타나지 않는 것이 아닐지. 그렇게 되면, 학교나 집 때문에 계속 있을 수 없는 나는 아무것도 보지 못하고 돌아갈 수밖에 없게 된다. 그렇게 되면 조는 어떻게 할까. 아버지와 함께 호랑이가 나올 때까지 여기에서 며칠이라도 머무를 것인가. 나 혼자 돌아가면 심심한데……. 그런 생각이 들기 시작하자, 저녁때부터의 긴장도 서서히 풀려 왔다.

조는 그때, 들고 온 가방 안에서 바나나 한 송이를 꺼내 나에게도 나눠 주었다. 그 차디찬 바나나를 먹으면서 묘한 생각이 떠올랐다. 지금 생각하면 실로 웃을 일이지만, 그때의 나는 진지하게 이 바나나 껍질을 아래에 던져놓고, 호랑이를 미끄러지게 하자고 생각했던 것이다. 물론 나로서도, 꼭 호랑이가 바나나 껍질에 미끄러져, 그 때문에 쉽게 잡힐 것이라고 확신한 것은 아니었지만, 그러나 그런 일도 전혀 있을 수 없는 일은 아닐 거라는 정도의 기대는 했다. 그래서 다 먹은 바나나 껍질은 될 수 있는 한 멀리, 호랑이가 틀림없이 지나가리라고 생각되는 쪽으로 던졌다. 그래도 역시 웃음을 살 것이라고 생각했기 때문에, 이 생각에 대해서는 조에게도 말하지 않았다.

그런데 바나나는 다 먹었는데도 호랑이는 좀처럼 나오지 않는다. 기대가 꺾여 버린 실망과 긴장의 이완으로 나는 약간 졸기 시작했다. 추운 바람에 떨면서도, 그런 와중에 나는 꾸벅꾸벅 졸기 시작했다. 그러자 조를 사이에 두고 옆에 있던 조의 아버지가 내 어깨를 가볍게 치고는, 서툰 일본어로 웃으면서 "호랑이보다 감기가 더 무섭단다"라고 주의를 주었다. 나는 곧 미소로 그 주의에 답했다. 그런데, 또 얼마 있지 않아 꾸벅꾸벅 졸고 말았던 것 같다. 그리고 어느 정도 시간이 흐른 것일까. 나는 꿈속에서, 조금 전에 조에게 들었던, 조선인이 호랑이에게 습격당하고 있는 현장을 보고 있던 것 같았다…….

그런데, 그것이 어떻게 해서 일어났는지. 나는 아쉽게도 모른다. 다만, 날카로운 공포에 찬 소리가 고막을 꿰뚫고 지나가 갑자기 정신이 들었을 때, 나는 보았다. 바로 눈 아래에, 우리들이 있던 소나무 가지로부터 30미터도 떨어져 있지 않는 곳에, 꿈속의 그것과 똑같은 광경을 보았다. 한 마리의 흑황색 짐승이 우리들에게 그 옆모습을 보이며 쌓인 눈 위에서 허리를 낮추고 서 있었다. 그리고 그 앞에는, 거기서부터 3, 4간間 정도의 사이를 두고 몰이꾼인 듯한 한 남자가, 옆에 총을 내던지고 양손은 뒤를 짚고, 다리를 앞으로 내던진 채 앉은뱅이 같은 모습으로 뒤로 넘어져, 멍하니 눈만 호랑이 쪽을 뚫어지게 보고 있었다. 호랑이는 — 보통 상상하듯이, 발을 나란히 오그려 덤벼들 듯한 자세가 아니라 — 고양이가 물건을 가지고 놀 때처럼 오른쪽 앞발을 들고 툭 건들어 보려는 듯한 모습으로 앞으로 나아가려 하고 있었다. 나는 깜짝 놀라면서도, 아직도 꿈이 계속되고 있다는 생각에, 눈을 비비고 한번 더 자세히 보려고 했다. 그때였다. 나의 귓전에는 빵하고 거친 총성이 나고, 거기에 빵, 빵, 빵, 하고 연달아 세 발의 총성이 이어졌다. 강렬한 화약 냄새가 갑자기 코를 찔렀다. 앞으로 나아가려던 호랑이는 그대로 입을 크게 벌리고 사납게 울부짖으며 뒷발로 잠시 버텨 섰지만, 곧 쿵하고 쓰러져 버렸다. 그것은 — 내가 눈을 뜨고 나서 총성이 울리고, 호랑이가 일어섰다가 다시 쓰러질 때까지, 불과 10초 동안에 일어난 일인 것이다. 나는 그저 어안이 벙벙하여 멀리 필름이라도 보는 듯한 기분으로, 멍하니 바라보고 있었다.

즉시 어른들은 나무에서 내려갔다. 우리들도 그들을 따라 내려갔다. 눈 위에는 짐승도 그 앞에 쓰러져 있는 인간도 모두 움직이지 않았다. 우리들은 처음에는 막대기 끝으로 쓰러져 있는 호랑이의 몸을 쑤셔 보았다. 움직이는 기색이 없었기에, 겨우 안심하고 모두 그 시체로 다가갔다. 그 주변의 눈 위를 막 흐른 피가 새빨갛게 물들이고 있었다. 얼굴을 옆으로 돌리고 쓰러져 있는 호랑이의 길이는 몸통만으로도 5척尺(1척은 약 30센티미터) 이상은 되었을 것이다. 벌써 이때는 하늘도 차차 밝아 오기 시작하여, 주위의 나뭇가지 끝 색깔도 어렴풋이 분별할 수 있을 즈음이었기 때문에, 눈 위에 내던져진 황색에 검은 줄무늬는 말할 수 없이 아름다웠다. 단지 등 쪽이 생각보다 검은 것이 나는 의외라고 생각했다. 나와 조는 서로 얼굴을 마주보고 '휴우' 하고 한숨을 내쉬고는, 이미 위험이 없음을 알면서도, 계속 조마조마해 하면서 여태껏 어떤 두꺼운 가죽이라도 당장에 찢어 놓았던 그 날카로운 발톱이며, 집고양이와 똑같은 하얀 수염 따위를 살짝 만져 보거나 했다.

한편, 쓰러져 있던 인간 쪽은 어떤가 하면, 이쪽은 단지 공포에 질린 나머지 기절한 것뿐으로 조금도 다친 곳은 없었다. 나중에 들은 바로는, 이 남자는 역시 몰이꾼 중 한 사람으로, 호랑이를 수색하다 지쳐서 우리들이 있는 곳으로 돌아와서 그 공터에서 잠깐 소변을 보고 있던 때에, 불쑥 옆에서 호랑이가 나온 것이라고 했다.

나를 놀라게 한 것은 그때의 조대환의 태도였다. 그는 기절해 쓰러져 있는 남자에게 다가가, 발로 거칠게 그의 몸을 걷어차 보면서 나에게 말했다.

"쳇! 다치지도 않았어."

그것은 결코 농담으로 말하고 있는 것이 아니라 확실히 이 남자가 무사한 것을 유감스러워 하는, 다시 말해 자기가 전부터 기대하고 있었던 듯한 참극의 희생자가 되지 않은 것을 분개하고 있는 것처럼 들렸다. 그리고 옆에서 보고 있던 그의 아버지도 아들이 그 몰이꾼을 발로 차며 노는 것을 막으려 하지도 않았다. 문득 나는 그들의 몸속에 흐르고 있는 이 땅의 호족의 피를 본 것처럼 생각되었다. 그리고 조대환이 기절한 남자를 분하다는 듯이 내려다보고 있는, 그 눈과 눈 가운데에 감도는 잔인하고 무정한 표정을 바라보면서, 나는 언젠가 야담인가 뭔가에서 읽은 적이 있는 '끝을 보지 못한 인상'이라는 것이, 이런 것을 가리키는 것이 아닌가 하고 생각했다.

이윽고 다른 몰이꾼들도 총성을 듣고 모여 들었다. 그들은 호랑이의 사지를 두 개씩 묶어 올려, 그것에 굵은 막대기를 집어넣어 거꾸로 매달아, 벌써 환해진 산길을 내려갔다. 정류장까지 내려온 우리들은 잠시 휴식을 취한 후에 — 호랑이는 나중에 화물로 운반하기로 하고 — 바로 오전 기차로 경성으로 돌아왔다. 기대에 비해서 결과가 너무도 간단하게 끝나 버린 것이 뭔가 부족한 듯 했지만 — 특히 깜박 졸다가 호랑이가 나왔을 때를 놓친 것이 유감이었지만, 어쨌든 나는 자신이 하나의 모험을 체험했다는 생각에 만족하며 집으로 돌아갔다.

일주일 정도 지나서, 서대문의 친척집으로부터 내 거짓말이 들통 났을 때, 아버지로부터 호된 꾸중을 들은 것은 말할 것도 없다.

7

이것으로 호랑이 사냥 이야기가 끝난 것이다. 그런데, 이 호랑이 사냥으로부터 이년 정도 지나, 예의 발화 연습이 있었던 밤으로부터 얼마 후, 그가 우리 친구들 사이에서 말없이 모습을 감추고 말았던 것은 이미 말했던 그대로다. 그리하여, 그로부터 지금까지 15, 6년 전혀 그를 만나지 못하였다. 아니, 그렇게 말하면 거짓말이다. 실은 나는 그를 만났던 것이다. 게다가, 그게 바로 얼마 전의 일이다. 그런 일이 있었기 때문에 나도 이런 이야기를 시작할 기분이 들었던 것인데, 그러나 그 만남이라는 것이 어지간히도 기묘한 것이어서, 과연 만났다고 할 수 있을는지 어떤지 모르겠다. 그 사건의 전말은 이러하다.

삼일 전쯤 점심때를 지나, 친구에게 부탁받은 어떤 책을 찾기 위해서 혼고本鄕(도쿄대 앞 지명) 도로변의 헌책방을 대충 헤매고 다닌 나는, 꽤 눈이 피곤하다고 느끼며 아카몬赤門(도쿄대 입구 문)에서 혼고 3초메本鄕三丁目 쪽을 향해서 걷고 있었다. 마침 점심시간이었기 때문에, 대학생이며 고등학생 그 외 학생들의 행렬이 거리를 가득 메우고 있었다. 내가 3초메 근처의 메밀국수집으로 가는 골목길로 돌아섰을 때, 그 많은 인파 속에서 키가 큰 한 사람이 ─ 그 군중 속에서 유달리 머리만 빠져 나와 있는 것처럼 보였을 정도니까 상당히 큰 키였음에 틀림없다. 서른 정도의 둥근 뿔테 안경을 쓴 마른 남자가 우두커니 서 있는 것이 눈에 들어왔다. 그 남자는 키가 보통 사람보다 훨씬 컸을 뿐만 아니라, 그 풍채 또한 두드러져서 사람 눈길을 끌기에 충분했다. 양갱색 테두리의 축 처진 낡은 중절모를 뒤로 젖혀 쓰고, 큰 뿔테 안경 ─ 그것도 한쪽 다리가 없어서 끈으로 대신하고 있는 — 은 번쩍거리며, 얼룩투성이의 학생복은 단추가 두 개나 떨어지고 없었다. 꾀죄죄한 긴 얼굴에는, 하얗게 마른 입술 주위에 듬성듬성 제멋대로 자란 수염이 나서, 그것이 인상을 멍해보이게는 하지만, 사이가 좁은 눈썹 주위에는 뭔가 방심할 수 없는 느낌을 주는 것이 있는 것 같았다. 말하자면 시골 사람의 얼굴과 소매치기의 얼굴을 섞어 놓은 듯한 얼굴이었다. 걷고 있던 나는 5, 6간間이나 전부터, 이미 군중 속에서 이 지나치게 긴 신체를 주체하지 못하는 것 같은 이상한 풍채의 남자를 발견하고는 그를 뚫어지게 쳐다보고 있었다. 그러자 그쪽도 어쩐지 내 쪽을 보고 있었던 것 같았는데, 내가 그 바로 1간 정도 앞에 왔을 때, 그 남자의 약간 찡그리고 있던 미간에서 뭔가 약간 부드러워지는 듯한 표정이 나타났다. 그리고, 그 눈에 보이지도 않는 정도의 희미한 부드러움이 홀연히 얼굴 가득 퍼지는가 싶더니, 갑자기 그의 눈은 (물론 미소 한번 짓지 않았지만) 나를 향해서, 마치 옛 지인을 알아본 양 깜박여 보였던 것이다. 나는 깜짝 놀랐다. 그래서 앞뒤를 둘러보고, 그 윙크가 나를 향한 것이라는 것을 확인하고는, 나는 나의 기억 구석구석을 재빨리 더듬기 시작했다. 그동안도, 눈은 상대로부터 떼지 않고 의아스러운 듯 응시를 계속하고 있었지만, 그러는 가운데 나의 마음 한구석에서 분명하지는 않지만 무언가 아주 오랫동안 잊어버리고 있었던 것 같은 무언가를 찾은 듯한 느낌이 들었다. 그리고 그 정체를 알 수 없는 느낌이 순식간에 퍼졌을 때, 나의 눈은 이미 그의 시선에 대답하기 위해 끄덕이고 있었다. 그때, 이미 이 남자는 내 옛 지인 중 한 사람임이 확실했다. 단지 그가 누구인지가 의문으로 남았을 뿐이었다.

상대는 이쪽이 인사하는 것을 보자, 이쪽도 상대가 생각난 것이라고 생각한 듯, 내 쪽으로 걸어서 다가왔다. 그런데, 특별히 이야기를 하는 것도 아니고 웃는 얼굴을 보이는 것도 아니고, 말없이 나와 나란히 자기가 지금 온 길을 거꾸로 걷기 시작했다. 나도 역시 입을 다문 채로, 그가 누구인지를 끊임없이 생각해 내려고 노력하고 있었다.

5, 6보 걸었을 때, 그 남자는 나에게 쉰 목소리로, ― 내 기억 속에는 어디에도 그런 목소리는 없었다 ― "담배 한 개비 줘"라고 말을 꺼냈다. 나는 주머니를 뒤져서, 반 정도

비어 있는 황금 박쥐 담뱃갑을 그 앞에 내밀었다. 그는 그것을 받아, 한쪽 손을 자기 주머니에 찔러 넣고는, 갑자기 묘한 표정으로 그 담뱃갑을 보고 나를 보았다. 한참 동안 그렇게 바보 같은 표정으로 담뱃갑과 나를 번갈아 본 뒤, 그는 말없이 내가 준 담뱃갑을 그대로 돌려주었다. 나는 말없이 받아 들면서도, 왠지 여우에 홀린 듯 납득이 안 가는 기분과, 또 약간 놀림을 당한 듯한 괘씸함이 섞인 기분으로, 그의 얼굴을 쳐다보았다. 그러자 그는, 그때 처음으로, 엷은 미소다운 것을 입가에 띠면서 이렇게 혼잣말처럼 말했다.

"말로 기억하고 있으면, 자주 이렇게 틀려."

물론 나에게는 무슨 말인지 이해할 수 없었다. 그런데 그는 이번에는, 매우 흥미 있는 이야기를 하듯이 기세를 올린 성급한 말투로, 그 설명을 시작했다.

그에 의하면, 그가 나에게서 담뱃갑을 받아 들고 성냥을 꺼내려고 오른손을 주머니에 넣었을 때, 그는 거기서 역시 똑같은 담뱃갑을 찾았다고 한다. 그때에 그는 깜짝 놀라, 자기가 원했던 것이 담배가 아니라 성냥이었다는 것을 알아차렸다. 거기에서 그는, 자기가 왜 이런 바보스런 실수를 하는지를 생각해 보았다. 단순한 착각이라고 말해 버리면 그만이지만, 이 착각은 어디서 온 걸까. 그것을 여러모로 생각한 끝에 그는 이렇게 결론지었던 것이다. 요컨대 그것은, 그의 기억이 모두 말에 의한 것이기 때문이라고. 그는 처음에 자기에게 성냥이 없다는 것을 알았을 때, 누군가를 만나면 성냥을 얻자고 생각하고, 그 생각을 '나는 다른 사람에게 성냥을 얻어야 한다'는 말로써, 머릿속에 기억해 두었다. 성냥을 정말로 갖고 싶다는 실제적 요구의 기분으로는, 전신적 요구의 감각 — 이상한 말이지만, 이 경우 이렇게 말하면 잘 이해되겠지라고 그는 덧붙였다 — 으로는 기억 속에 저장해 두지 않았다. 이것이 그 실수의 원인인 것이다. 감각이라든가 감정이라면, 희미해질 수는 있어도 혼동하는 일은 없는데, 말이나 문자의 기억은 정확한 대신에, 자칫 잘못하면, 어처구니없는 다른 물건이 되어버리는 경우가 있다. 그의 기억 속의 '성냥'이라는 말 혹은 문자는, 어느샌가 그것과 관계가 있는 '담배'라고 하는 말 혹은 문자로 바뀌고 만 것이다……. 그는 그렇게 설명했다. 이 발견이 정말이지 재미있어 죽겠다는 투로, 게다가 마지막에는 이런 습

관은 모두 개념만으로 사물을 생각하게 된 지식인들의 통폐다, 라고 생각지도 못한 결론까지 덧붙였다. 사실 나는, 그동안 그 자신은 매우 흥미를 느끼고 있는 것 같은 이 문제의 설명에 별로 귀를 기울이지 않았다. 다만 그 성급하고 빠른 말투를 들으면서, 확실히 이것은(목소리는 다르지만) 나의 기억 어딘가에 있는 흔적이라고 생각하며, 끊임없이 누구였던가를 생각해 내려 하고 있었다. 그런데, 마치 더없이 쉬운 글자가 좀처럼 생각나지 않는 때처럼, 벌써 완전히 알아 버린 것 같은 느낌이 들면서도, 소용돌이의 바깥 쪽을 맴도는 쓰레기처럼 빙글빙글 문제의 주위를 돌 뿐, 좀처럼 그 중심으로 뛰어 들어갈 수가 없었다.

그 와중에 우리들은 혼고 3초메의 정류장까지 왔다. 그가 거기서 멈춰 섰기 때문에 나도 그에 따랐다. 그는 전차를 타려고 하는지도 모른다. 우리들은 나란히 선 채로, 쳐다보지도 않고 앞 약국의 진열창을 바라보고 있었다. 그는 거기서 무언가를 발견한 듯 성큼성큼 그 창 앞으로 다가갔다. 나도 그를 따라가 들여다보았다. 그것은 신발매된 성기구 광고로 견본품 같은 것이 검은 천 위에 진열되어 있었다.

그는 그 앞에 서서 미소를 띠며 한참 동안 들여다보고 있었다. 그런 그를 나는 옆에 서서 바라보고 있었다. 그러자 그때, 그의 그 히죽히죽 거리는 엷은 웃음을 옆에서 들여다보고 있었을 때, 불현듯 모든 것이 생각났다. 지금까지 내 머릿속에서 소용돌이 주위의 쓰레기처럼 빙빙 돌고만 있었던 나의 기억이, 그때 갑자기 소용돌이의 중심으로 뛰어든 것이었다. 빈정거리듯 입술을 일그러뜨린 저 엷은 웃음. 안경은 쓰고 있지만, 그 안쪽에 들여다보이는 가느다란 눈. 호인이면서 시기심과 의심이 가득한 그 시선 — 아. 이게 그가 아니고 누구겠는가. 호랑이에게 죽을 뻔했던 몰이꾼을 발로 걷어차고 분하다는 듯이 내려다보던 그가 아니고 그 누구의 눈매이겠는가. 그 순간, 나는 동시에 호랑이 사냥이며 열대어며 발화 연습 등을 어지럽게 떠올리면서, 이 사람이 그인 것을 알아 내는 데 왜 이렇게 시간이 걸렸는지 스스로도 어이가 없었다. 그리고 나는 이제야 마음속에서 우러나온 기쁨으로, 뒤에서 그의 어깨를 치려고 했다. 그런데 그때, 마사초真砂町 쪽으로부터 들어온 전차 한 대가 정류장에 멈춰 섰다. 이를 본 그는, 내 손이 아직 그의 높은 어깨에 닿기도 전에, 그리고 나의 동작을 전혀 눈치 채지도 못하고 황급히 몸을 돌려 그 전차 쪽으로 달려갔다. 그리고 훌쩍 올라타자, 차장석에서 이쪽을 향해 오른손을 살짝 들어 나에게 가볍게 인사하고는 그대로 기다란 몸을 접듯이 하여 안으로 들어가 버렸다. 전차는 곧 움직이기 시작했다. 이리하여 나는, 십 몇 년 만에 만난 나의 친구, 조대환을 ― 조대환이라 알고 난 다음에 그와는 한마디도 주고받지 못한 채, 또다시 대동경大東京의 인파 속에서 놓치고 말았던 것이다.

작품 셋

순사가 있는 풍경
巡査の居る風景
1923년의 한 스케치

나카지마 아쓰시
中島敦

1

길바닥에는 고양이 시체가 얼어서 굴처럼 달라붙어 있었다. 그 위를 바람에 찢긴 군밤가게의 빨간 포스터가 미친 듯이 날아다녔다.

길목에는 포장마차가 대여섯 대 모여서 한창 하얀 김을 내뿜고 있었다. 검붉고 딱딱하게 굳은 젖가슴을 더러운 두루마기 밖으로 내놓은 여자가 그 앞에 서서 고춧가루를 새빨갛게 뿌린 우동을 후후 불면서 먹고 있었다.

경찰서에서 퇴근하는 순사 조교영趙教英은 전차를 기다리면서 이를 멍하니 바라보고 있었다. 그의 앞을 엷은 노란 작업복을 입은 지나인支那人 두 명이 멜대를 걸머지고 급하게 지나갔다. 멜대에 달려 있는 바구니 안에서 팔다 남은 무가 하얗게 빛나고 있었다. 슬슬 밀물처럼 사람들이 붐비기 시작할 때다. 살얼음이 낀 듯한 저녁 하늘 아래서 프랑스 교회의 종이 차디차게 울리기 시작했다.

조교영은 추운 듯이 코를 훌쩍이며 목을 움츠리고, 제복의 맨 위 단추를 한번 고쳐 잠그고 전선의 파란 불꽃을 올려다보았다. 전차가 지나간 선로 위를 키 큰 남자가 성큼성큼 걸어왔다. 그의 과장이었다. 그가 공손히 경례를 하자 그 남자도 점잖게 손을 슬쩍 올리고 다시 사람들 속으로 뒤섞여 들어갔다.

전차를 타자 직업상 전차요금이 무료인 그는 언제나처럼 운전수대에 서서 양손을 바지주머니에 찔러 넣은 채 유리에 기댔다. 그는 전차를 탈 때면 언제나 어느 일본인 중학생을 떠올리게 된다……. 어느 여름날 아침이었다. 경찰서에 출근하려고 그가 언제나처럼 운전수대에 서 있을 때, 등굣길의 그 중학생이 탔다. 그리고 아마도 시원한 바람을 쐬려 했는지 그 중학생은 운전석 뒤에 서서 안으로 들어가지 않았다. 허나 원래 사람이 서 있으면 안 되는 곳이고, 운전에 방해도 되고 해서 운전수는 중학생한테 안으로 들어가 달라고 말했다. 그러자 그는 당돌하게 운전수에게 대들었다.

"이봐, 저 사람을" 하고, 중학생은 거기 서 있던 순사인 그를 가리키며,

"저 사람을 안으로 들여보내지 않으면 나도 싫어"라고 말하고(물론 그 운전수도 조선인이기 때문이다), 그리고 당황한 운전수와 순사의 얼굴을 재미난 듯이 비교해 보면서 거기에 계속 서 있었던 것이다……. 그는 지금도 그 중학생의 눈초리가 떠올라 불쾌해졌다.

전차 안은 붐볐다. 스케이트를 늘어뜨린 학생. 코가 새빨개진 회사원 차림의 남자, 장바구니를 껴안고 있는 아낙네. 아이를 엉덩이에 걸쳐 업은 어머니, 두꺼운 밤색 가죽 털옷

에 목을 파묻은 양반들.

한참 있자, 갑자기 안에서 말다툼하는 소리가 들려왔다. 승객의 시선이 일제히 그쪽으로 쏠렸다. 보니까, 초라한 복장을 하고 앉아 있는 일본인 여자와 그 앞의 손잡이를 잡고 서 있는 하얀 한복을 입은 학생 같은 청년이 실랑이를 벌이고 있었다.

"일부러 친절하게 앉으세요, 라고 말해 줬는데"라고 여자는 불만스럽게 말하고 있었다.

"하지만 뭡니까, 여보라뇨. 여보라니 도대체 무슨 말입니까."

"그러니까, 여보 씨라고 말했잖아."

"어느 쪽이나 마찬가지입니다. 여보라니."

"여보라고 하지 않았어. 여보 씨라고 한 거야."

여자는 아무것도 모르는 것이다. 그리고 의아스러운 표정을 짓고 다른 사람들의 동의를 구하듯 주위를 둘러보며 말했다.

"여보 씨, 자리가 비었으니 앉으세요, 라고 친절하게 말해 줬는데 왜 저렇게 화를 내는 거야."

차내 여기저기서 실소를 터뜨렸다. 청년은 이미 포기하고 입을 다문 채 그 무지한 여자를 노려봤다. 교영은 또다시 우울해졌다. 왜 이 청년은 저런 토론을 하는 걸까. 이 온건한 항의자는 왜 자신이 타인이라는 것을 그렇게 영광스럽게 생각하는 걸까. 왜 자신이 자신인 것을 부끄러워하지 않으면 안 되는 걸까……. 그는 그날 오후에 있었던 일을 떠올렸다.

그날 오후, 부회의원府会議員의 선거 연설을 감시하러 같은 경찰서에 있는 다카기高木라는 일본인 순사와 함께 회의장인 어느 유치원에 갔었다. 몇 명인가 내지인 후보의 연설에 이어, 단 한 명뿐인 조선인 후보의 연설이 시작되었다. 상업회의소의 우두머리까지 한 적이 있어 내지인 사이에서도 상당한 인망이 있는 그 후보자는 유창한 일본어로 자신의 포부를 말하기 시작하였다. 그런데 그 와중에 맨 앞에 있던 청중 한 명이 일어서서, "닥쳐, 여보인 주제에"라고 소리를 지른 것이다. 스무 살도 안 되어 보이는 지저분한 옷차림을 한 젊은이였다. 다카기 순사가 잽싸게 그놈의 목덜미를 잡고 장외로 끌고 나가 버렸다. 그때 이 후보는 한층 더 소리 높여 외쳤다.

"나는 지금, 매우 유감스러운 말을 들었습니다. 하지만, 나는 우리도 영광스러운 일본인임을 믿어 의심치 않습니다."

그러자 갑자기 회의장 일각에서 힘찬 박수 소리가 일었던 것이다…….

그는 지금 그 일을 떠올렸다. 그리고 그 후보를 이 청년과 비교해 보았다. 그리고 다시 한번 일본이라는 나라를 생각해 보았다. 조선이라는 민족을 생각해 보았다. 자신에 대해서도 생각해 보았다. 나아가 자신의 직업을, 그리고 지금 자신이 돌아가려고 하는 아내와 자식을 떠올렸다.

사실 그의 마음은 요즘 '무언가를 잃어버렸을 때 사람이 느끼는' 왠지 차분하지 못한 상태였다. 이루지 못할 의무의 중압감이 언제나 머리 어딘가에 무겁게 자리 잡고 있는 느낌이기도 하다. 그러나 그 무겁고 괴로운 압박이 어디서부터 오는지, 애써 물으려 하지 않았다. 아니, 그것이 두려웠던 것이다. 자기 자신을 눈 뜨게 하는 것이 무서운 것이다. 자기 자신을 자극하는 것이 두려웠던 것이다.

그럼, 왜 두려운 걸까? 왜일까?

이에 대한 대답으로 그는 창백한 얼굴을 한 자신의 처자식을 내세운다. 그가 직장을 잃는다면 그들은 어떻게 되냐 말이다. 그러나 '그렇겠군, 틀림없이 그렇겠지. 하지만, 그것뿐인가. 공포의 원인은 그것뿐인가?'라고 누가 묻는다면…….

그는 소름이 돋아 목을 움츠리고 황급히 창문 너머로 흔들리는 거리의 등불과 그 속을 헤엄치는 혼잡을 바라보았다. 석간신문팔이의 종소리. 자동차의 경적. 얼어붙은 보도에 반사되는 밝은 등불. 그 위를 미끄러지는 모피의 무리들. 어두운 골목에서 서성이는 빨간 수염의 지게꾼, 소가 끌지 않는 거름 수레, 쓰레기 수레…….

창경원 앞에서 전차를 내렸다.

어두운 골목 안 강한 아세틸렌 불빛 아래로 폐병 걸린 점쟁이 얼굴이 떠올랐다. 헌책방 앞에서 노인이 손을 덜덜 떨면서 한글을 소리 내어 읽고 있었다.

모퉁이를 돌자, 그는 갑자기 저쪽에서 걸어온 한 남자에게 인사를 받았다. 그도 한 번 머리 숙여 인사하고 그 남자를 보니, 해달 옷깃의 외투를 입은 훌륭한 신사였다.

"잠깐 말씀 좀 여쭙겠습니다" 하고 그 사람은 그에게 매우 정중한 말로 ××씨 — 총독부의 고관 — 의 주소를 묻는 것이었다(××씨의 집으로 간다면 이 사람도 고관일지 모른다). 신사에게 그런 정중한 말을 건네받은 적이 없는 그는 조금 당황하면서 그 ××씨의 주소를 일러 주었다. 그 신사는 대답을 듣자 다시 한 번 정중하게 머리를 숙이고 그가 일러 준 쪽으로 돌아갔다…….

바로 그때였다. 그는 한 가지 대발견을 하고는 스스로 깜짝 놀라고 말았다.

'나는, 나는 지금 나도 모르는 사이에 기뻐하고 있지 않는가'라고 그는 섬뜩해 하면서 스스로에게 물었다.

'저 일본인 신사에게 정중한 대우를 받았다고 아주 조금이긴 하지만 기뻤던 것이다. 마치 어린아이가 어른한테서 조금 진지하게 대접받았다고 매우 기뻐하는 것처럼, 나도 지금 무의식 속에서 기뻐하고 있었던 것이다…….' 이젠 아까 그 청년도 비웃을 수 없다. 부회의원 후보에 대해서도 뭐라 말할 수 없다.

'이것은 나 하나만의 문제가 아니다. 우리 민족은 옛날부

터 이런 성향을 갖도록 역사적으로 훈련받아 왔던 것이다.'

문득 옆을 보니, 한 남자가 길거리에 쭈그리고 앉아서 소변을 보고 있다. 그는 무심히 '서서 오줌 누는 법'을 모르는 이 반도 사람들의 풍속을 생각해 보았다.

'이 아무것도 아닌 습성 속에도 영원히 비속해져야만 하는 우리들의 정신이 숨어 있을지도 모른다.' 그는 멍하니 그런 생각을 해 보았다.

2

은빛 태양은 얼어붙은 12월의 궤도를 따라 벌거벗은 붉은 산속으로 떨면서 지고 있었다. 북한산은 회색빛 하늘 속에서 톱 모양으로 푸르스름하게 얼어붙어 있는 것 같아 보였다. 산 정상에서 바람이 빛처럼 날아와 예리하게 사람의 볼을 베었다. 정말이지 뼈까지 부서질 듯이 추웠다.

매일 아침 길에서 죽은 사람이 몇 명씩이나 남대문 아래서 발견되었다. 그들 중 몇 명은 손을 뻗어 문 벽에 붙어 있는 썩어 빠진 담쟁이덩굴을 잡은 채 죽어 있었다.

어떤 이는 보라색 반점이 있는 얼굴을 위로 향한 채 졸린 듯이 쓰러져 있었다.

한강의 얼음 위에서는 할아버지들이 얼음에 구멍을 뚫고, 긴 담뱃대로 연기를 뿜으면서 추위에 떨며 잉어를 노리고 있었다. 그 강변 숲에서는 가난한 이들이 온돌에 땔 나무를 마구 베어가고 있었다. 얼음 더미를 푸르스름한 산처럼 가득 싣고 가는 소의 턱에는 침이 고드름이 되어 매달려 있었다.

눈은 별로 내리지 않았다. 길은 꽁꽁 얼어붙어 버렸다. 그 길 위를 여러 발들이 미끄러지거나 넘어지면서 걸어가고 있었다.

조선인의 배 모양 같은 나막신. 일본 아가씨의 반짝반짝한 조리. 지나인의 곰발 같은 털 구두. 금방 넘어질 것 같은 일본인 서생의 게다. 광을 낸 조선귀족학생의 구두. 원산에서 도망쳐 온 백계 러시아인의 굽 높은 빨간 구두. 그리고 발가락이 거의 나온 지게꾼 – 짐을 등에 짊어지고 운반하는 조선인 – 의 낡은 신발. 가끔은 앉은뱅이 거지의 무릎 밑이 잘린 대퇴부. 그 발은 추위 때문에 길거리에서 빨갛게 부어 있었다.

1923년. 겨울이 더럽게 얼어 있었다.

모든 것이 더러웠다. 그리고 더러운 채로 얼어붙어 있었다. 특히, S문 밖의 골목에서는 더 심했다.

지나인의 아편과 마늘 냄새, 조선인의 싼 담배와 고추가 섞인 냄새, 빈대나 이를 잡은 냄새, 길거리에 버려진 돼지 내장과 고양이 가죽 냄새, 그러한 것들이 악취를 품은 채 그 주변에 얼어붙어 있는 것처럼 보였다.

하지만, 역시 아침 무렵만은 공기가 어느 정도 맑았다. 날이 밝아 마른 아카시아 가지에서 까치가 울기 시작할 때가 되면, 조금은 맑은 호흡을 할 수 있었던 것이다. 항상 그때쯤이 되면 많은 남자들이 멍하니, 그러면서도 추운 듯이 손을 비비며 이 골목에서 돌아갔다.

그곳에는 많은 여자들이 모여 있었다. 김동연金東蓮도 그런 여자 중 하나였다. 그녀는 아직 신참이라 친구가 없었다. 그녀와 사이가 좋았던 이는 복미福美라는 여자뿐이었다. 성은 아무도 몰랐다. 그 여자는 항상 지독하게 창백한 얼굴을 — 그녀들 모두가 그랬지만 — 하고 있었다.

"저 사람은 꽤 대단한 이야"라고 이웃 할머니가 그녀들에게 그 여자 이야기를 했다. 하지만 어떻게 대단한지는 아무도 몰랐고, 그녀 또한 말하려고 하지 않았다. 그리고 매일 4시경이 되면 팔을 걷고 주사를 놨다.

동연은 어째서 그 여자에게 그런 돈이 생기는지 신기했다. 그래서 어느 날 물어 보았다. 그러자 그녀는 슬픈 듯이 웃으면서 말했다.

"넌 아직 신참이라서, 나처럼 벌 수 없는 거야."

3

한강 인도교 위로 대포를 끌고 가는 자동차가 덜커덩 덜커덩거리면서 힘차게 달려갔다. 영등포 모래사장에서는 용산 사단 병사들의 칼끝에 파란 얼음이 반사되어 겨울 햇살 속에서 싸늘하게 빛났다. 매일 밤마다 군사훈련의 야영이 모래 위에 펼쳐지고, 모닥불이 붉게 타올랐다.

노루를 짊어진 학생들 한 무리가 길거리를 미끄러지면서 뛰어갔다. 쇼윈도 안에는 흙으로 만든 지하여장군의 빨간 얼굴이 위엄 있게 웃고 있었다. 반 이상 지어진 조선 신사神社의 망치 소리가 바짝 마른하늘 아래서 높게 울렸다.

고등보통학교의 교정에서는 내지에서 새로 부임해 온 교장이 엄숙하게 순종順従의 덕을 설파하고 있었다(이제까지 있던 내지의 중학교에서 그가 교칙의 하나로 독립자존의 정신을 설교했던 것을 조금 겸연쩍게 떠올리면서).

보통학교 일본역사 시간, 젊은 교사는 조금 난처한 듯이 조심스럽게 임진왜란에 대해 이야기했다.

"이리하여 히데요시는 조선에 쳐들어간 것입니다."

하지만, 아동들한테서는 마치 어딘가 다른 나라의 이야기라도 되는 듯한 둔한 반향이 되새김되어 울려올 뿐이었다.

"그리하여 히데요시는 조선에 쳐들어간 것입니다."

"그리하여 히데요시는 조선에 쳐들어간 것입니다."

* * *

그날 오후는 차갑고도 맑았다.

마른 갈색 가시만 남은 아카시아가 북풍 속에 울며 흔들리고 있었다.

남대문역 앞에는 군중들이 바람을 맞으면서 줄 서 있었다. 그들은 하나같이 역 입구를 바라보고 있었다. 자동차는 힘차게 하차구로 달려와 마중 나온 고관들을 토해냈다.

"총독이 돌아오신대."

"총독이 동경에서 돌아오시는 거야."

경찰은 대검을 찰각거리면서 엄중히 주변을 경계하고 있었다. 조교영도 그들 사이에 섞여 사람들 뒤에서 주변을 둘러보고 있었다. 그는 바람에 날려 온 신문지를 밑창이 찢어진 구두로 밟은 채, 언젠가 본 적이 있는 총독의 백발머리와 동안을 떠올리고 있었다. 이 총독은 이전의 총독들과 마찬가지로 군인 출신이긴 하지만, 이전의 그 누구보다도 평판이 좋은 것 같았다. 조선인들 사이에서도 따르는 자가 꽤 있었다. 하지만…….

그때 두껍고 까만 외투에 쌓인 뚱뚱한 총독의 사근사근해 보이는 동안이 하차구에 나타났다. 그러자 마중 나온 임원들이 일제히 기계처럼 머리를 숙였다. 총독은 의젓하게 이에 고개를 끄덕이고 준비된 자동차에 올라탔다. 이어서 지독하게 말라 빈약해 보이는 정무총감政務摠監도 다음 차에 올라탔다. 그리고 두 대의 차는 곧바로 세브란스병원 모퉁이에서 남대문 쪽으로 미끄러져 갔다.

바로 그때였다. 갑자기 군중 속에서 백의에 헌팅 모자를 쓴 남자가 튀어나오는가 싶더니, 느닷없이 피스톨을 쥔 손을 뻗어서 앞 차를 향해 방아쇠를 당겼다. 탄환은 나오지 않았다. 남자는 서둘러서 두 번째 방아쇠를 당겼다.

이번에는 굉음과 함께 탄환이 뒤차의 창문을 깨고 비스듬하게 차내를 가로질러 작열하였다. 이를 알아챈 두 대의 자동차는 급히 속력을 내어 질주해 갔다.

한동안, 군중들은 망연해져서 그 현장을 바라보고만 있었다. 그러나 다음 순간 경관들은 본능적으로 이 흉한 주변으로 달려들었다. 그러나 흉한은 아직 피스톨을 갖고 있다. 그들은 흉한과 서로 노려보았다. 흉한은 스물네댓 살의 마른 청년이었다. 그도 피스톨을 꽉 쥔 채 핏발 서린 눈으로 잠시 동안 경관 쪽을 노려보고 있었다. 그러다 갑자기 모자를 벗어 길바닥에 힘껏 내동댕이치고 껄껄거리며 자포자기한 듯이 웃기 시작하더니 갑자기 손에 든 무기를 군중 속으로 내던졌다. 군중들은 싹 물러났다. 경관들도 엉겁결에 소름 돋은 몸을 움츠리고 내던져진 피스톨을 보았다…….

그러나 다음 순간, 그들은 이미 달려들어 흉한을 잡고 있었다. 그는 조금도 저항하지 않았다. 살며시 떨리는 창백한 입가에 경멸의 미소를 띤 그는 경관들을 쳐다보았다. 창백한 이마에는 흐트러진 머리카락이 길게 늘어져 있었다. 눈에는 이미 당황과 흥분의 흔적이 사라지고 절망한 침착함과 연민의 조소가 나타나 있을 뿐이었다.

그의 팔을 잡고 있던 조교영은 그 눈빛을 참아내기가 매우 힘들었다. 그 범인의 눈은 분명히 말하고 있는 것이다. 교영은 평상시 느꼈던 그 압박감이 스무 배나 되는 무게로 자신을 억누르고 있는 것을 느꼈다.

잡힌 사람은 누구냐.

잡은 사람은 누구냐.

4

손님을 부르는 여자가 네댓 명, 분칠이 벗겨진 얼굴을 떨면서 예의 골목 벽에 기대고 있었다. 굴절된 가로등 불빛 속에서 세우다 만 토관土管의 그림자가 묵묵히 죄수들처럼 서 있었다.

"당신, 어때? 잠깐만."

"안 돼, 안 돼." 남자는 바지 주머니에 손을 넣고 흔들어 보이며 웃었다. 털실로 짠 두건을 모자 위에 쓴 그 청년의 얼굴이 바쁜 걸음으로 가로등 불빛 속에서 사라졌다. 행인이 사라지자, 고요해진 공기 속으로 어디로부턴가 벽 깨지는 소리가 울려왔다.

* * *

"나? 특별한 이유는 없어. 남편이 죽고 갈 데가 없어서, 달리 할 일도 없으니 어쩔 수 없잖아."

"남편이라니, 뭐 했는데."

"종로에서 가죽을 팔고 있었어."

매춘부 김동연의 방에서는 얼굴이 하얀 직인풍의 남자가 온돌방 기름종이 위에 깐 얇고 더러운 이불 밑으로 발을 찔러 넣고 이야기하고 있었다.

"그래서, 언제 죽었는데?"

"이번 가을이야. 정말 갑작스러웠어."

"뭐야, 병이야?"

"병 같은 게 아니라 지진이야. 진재震災(1923년 9월1일에 일어난 관동대지진를 가리킴)에 꼴까닥 하고 당한 거야."

남자는 손을 뻗어 술병을 잡고 벌컥 한 모금 마셨다.

"그럼 뭐야, 너의 남편은 그때 일본에 가 있었던 거야."

"그래, 여름에. 장사하는 데 좀 볼일이 있다면서 친구랑 함께, 그것도 바로 돌아오겠다고 하고 동경에 갔던 거야. 그러더니 바로 그거였잖아. 그러고선 돌아오지 않는 거야."

남자는 갑자기 움찔해져서 눈을 크게 뜨고 그녀의 얼굴을 보았다. 그리고 잠시 침묵이 흐른 뒤, 그는 갑자기 날카롭게 말했다.

"야, 그럼, 넌 아무것도 모르는구나."

"어? 뭐를."

"너의 남편은 아마……. 불쌍하게."

한 시간 뒤, 동연은 혼자 얇은 이불을 뒤집어쓰고 어둠 속에서 울고 있었다. 벌벌 떨며 여기저기 도망 다니다 횃불에 비춰진 남편의 피 흘리는 얼굴이 그녀의 눈앞에 가물거렸다.

"여기저기 떠들고 다니면 안 돼. 무섭단 말이야" 하고 나가면서 남긴 남자의 말도 머리 한구석에서 어렴풋이 떠올랐다.

몇 시간 뒤, 겨우 날이 샌 회색 보도를 동연은 미친 듯이 뛰어다니고 있었다. 그리고 지나가는 사람들에게 소리 질렀다.

"여러분 알고 있어요? 지진 때 일을."

그녀는 큰소리로 어젯밤에 들은 이야기를 사람들한테 들려주었다. 그녀의 머리는 헝클어져 있고, 눈은 핏발이 서 있고 게다가 이 추위에 잠옷 바람이었다. 지나가는 사람들은 그런 모습이 어이없어 오히려 그녀 주변에 모여들었다.

"그래서, 놈들이 다 같이 이 사실을 숨기고 있는 거야. 정말로 놈들은."

마침내 순사가 와서 그녀를 잡았다.

"야, 조용히 하지 못해. 조용히."

그녀는 그 순사에게 달려들더니, 갑자기 슬픔이 북받쳐 눈물을 뚝뚝 떨어뜨리면서 외쳤다.

"뭐야, 너도 같은 조선인인 주제에. 너도 너도……."

그녀가 형무소로 끌려가 버린 후에도 S문 밖의 골목에서는 여전히 시꺼먼 생활이 썩은 채 계속되었다.

춥다기보다는 아팠다. 몸 안의 심장 외에는 전부 동사해 버린 것 같은 느낌이었다. 길바닥에는 버려진 생선의 아가미가 빨갛게 뭉그러져 있고, 음지의 눈 더미 위에는 생생한 돼지 머리가 물어뜯긴 채 흩어져 있었다. 실내에서 사람들은 도랑에서 올라오는 부추나 마늘이 썩은 공기를 그들의 불건전한 폐로 호흡하며 간신히 살아 있었다.

모든 것이 변하지 않았다.

매일 4시경이 되면 동연의 친구였던 복미가 여느 때처럼 파란 팔을 걷어 주사를 놓았다. 그럴 때만 그녀는 어디론가 사라진 동연을 어렴풋이 떠올렸다. 그리고 언제나 밤이 오면 누더기를 걸친 젊은 일본인이 기름칠 안 한 바퀴가 끼긱거리는 듯한 소리를 내며 바이올린을 켜고 다녔다.

새벽녘이 되자, 아직 어두운데 이곳에 자주 들르는 키 큰 지나인이 골목에서 나왔다.

"무서운 별이네."

그는 아직 어두운 하늘을 올려다보고 그렇게 말했다. 그리고 주머니에 손을 집어넣고 돈을 찾아보았다.

"홍, 무서운 별이네."

다시 한번 무의미하게 되풀이하고 그는 아직 얼어붙은 길을 구둣소리를 높이며 휘청거리면서 돌아갔다.

5

조교영은 어두운 옛 미국 영사관 앞을 멍하니 걷고 있었다. 그는 자연스레 어젯밤 일을 생각하고 있었다.

…… 어젯밤 집에 돌아온 뒤 갑자기 서장으로부터 호출

을 받았다. 그는 급하게 경찰서로 가서, 주뼛주뼛거리며 서장실로 들어갔다. 서장은 묵묵히 그에게 종이 한 장과 일당으로 된 급료 봉투를 건넸다. 하하, 올 것이 왔구나 하고 생각했다. 4, 5일 전에 휘문고등보통학교 학생과 K중학교 학생 여러 명이 싸움을 했다. 그 징계문제를 놓고 그는 과장과 작은 언쟁을 벌였던 것이다.

그는 묵묵히 그 종이 조각을 받아들고 밖으로 나왔다. 그리고 (집으로는 돌아가지 않고) 불빛 속을 한참 헤매다가 그 돈을 쥔 채 비틀비틀 S문 밖의 갈보집에 들어갔다. 그리고 오늘 밤 지금에서야 겨우 나온 것이다…….

그는 지금 그 일을 먼 옛날 일처럼 떠올렸다.

엷은 안개가 낮게 깔려 있다. 가로등 불빛이 가로수 가지를 지나 줄무늬를 그리며 보도에 떨어져 있었다.

"도대체 어쩌란 말인가" 하고 그는 탁해진 머리로 왠지 남의 일처럼 생각했다.

"그들은 어떻게 되나." 처자식의 창백한 얼굴이 눈앞에 아른거리기 시작했다.

문득 그는 그가 아는 뒷길 이층집의 한 방에서 일어난

일을 떠올렸다.

거기에는 조잡한 의자 대여섯 개와 수제 식탁 하나가 놓여 있었다. 테이블 위에는 촛불이 두 대 세워져 있었다. 촛불빛은 거기에 모인 동지들의 얼굴을 어렴풋이 비췄다. 붉은 얼굴을 하고 식탁을 두들기는 자. 머리를 쥐어짜면서 생각하는 자. 묵묵히 종이 위에 연필로 글을 쓰는 자. 모두가 전도의 희망에 불타고 있었다. 잠시 후 그들 사이에서 소곤소곤 상담하는 소리가 흘러나온다.

"경성 — 상해 — 동경."

"……."

"……."

그는 멍하니 이런 모습을 그려 보았다. 그리고 자기 자신의 비참함을 이에 비교해 보았다.

"어떻게든 하지 않으면 안 돼. 어쨌든 간에."

정신을 차리니 어느샌가 식산은행殖産銀行 옆에 와 있었다. 차가운 문이 닫혀 있는 이 커다란 석조건물 기둥 그늘에서는 지게꾼들의 무리가 지게를 옆에 내버려 둔 채 돌멩이처럼 자고 있었다.

"이봐, 이봐." 그는 담배냄새 나는 그들 속으로 몸을 던지고, 그중 한 명을 흔들어 깨우려 했다.

"……."

뭐라 알아들을 수 없는 말을 하면서 그 지게꾼은 눈곱이 잔뜩 낀 눈을 졸린 듯이 조금 뜨는 것 같더니 바로 다시 감아버렸다. 시끄럽다는 듯이 마른 손을 움직여서 교영의 손을 치우고 등을 돌리자, 백선으로 둘러싸인 그 입에선 긴 담뱃대가 탁 하고 보도에 떨어졌다.

"너는, 너희는."

갑자기 뭐라 말할 수 없는 묘한 감격이 그 안에서 솟구쳐 올라왔다. 그는 몸을 한번 떤 후 그들의 누더기 사이로 목을 집어넣고 울기 시작했다.

"너희는, 너희는. 이 반도는……. 이 민족은……."

작품 넷

망 향
望 鄕

유아사 가쓰에
湯浅克衛

1

"이 일을 어쩌나."

후키야 고스케吹矢吾助는 발길로 돌을 찼다. 회전을 받은 돌멩이가 두세 번 공중제비를 하고, 샛길에서 벗어나 길가에 있는 온돌방 장지에 맞았다. 무심몰수無心沒收. 두꺼운 한지는 기괴한 소리와 함께 구멍이 뻥 뚫렸다. 봄다운 남풍이 거세게 불어 대고 있어서 찢겨진 종이가 다시 제자리로 되돌아와 돌멩이 모양의 선과 종이 보풀들만이 온돌방 안의 등불에 비쳐 보였다.

장지가 열리고, 조끼에 단고바지를 입은 남자가,

"이놈의 자식"

하고 핏대를 곤두세우며 호통쳤으나, 후키아 고스케를 보자, 돌연 기세가 꺾여 머리를 긁적거렸다.

"아니, 후키야 씨셨군요, 어디 가시는데요. 바람이 거센 밤이네요."

"어, 미안하네, 생각을 좀 하고 있어서 그만. 내일 바로 사람을 보내서 고쳐 놓겠네"

라고 말하자, "괜찮습니다. 괜찮습니다" 하면서 단고바지를 입은 남자는 마루에서 뛰어 내려와 버선발로 쭈그리고, 매우 송구스러워하며 손을 비볐다. 단골로 드나드는 계란 집인 것이다.

후키야 고스케는 이미 이 일은 잊어버리고, 거세게 불어 닥치는 남풍 속으로 발길을 옮기고 있었다. 두세 채의 조선 가옥을 지나자, 산기슭 쪽으로는 고요하게 잠든 관사거리가 보일 뿐이고, 길의 서쪽으로는 길게 늘어선 아카시아 가로수가 있었다. 어디서부터 풍겨 오는지 강한 꽃향기가 났다. 아카시아는 아직 봉오리도 맺지 않았기 때문에 아마

정향나무일 것이다.

남문과 성벽이 석양 속에서 희미하게 보였고, 바람만 불지 않는다면 아름다운 초저녁이었다. 산그늘에서는 조선 아이들〔원문은 鮮童(총각)〕이 놀면서 부는 듯한 담바귀타령의 뿔피리 소리가 바람을 타고 흘러왔다. 그러나 후키야 고스케에게는 정향의 향기도 뿔피리 소리도 존재하지 않았다. 때마침 불어오는 따스한 남풍 대신 차라리 오호츠크해에서 포효하는 북풍이 후키야의 심정에는 더욱 어울렸다. 뭐라 말할 수 없는 황량한 강바람이 마음속을 파고들어 휘감고 있었다.

그날 밤 후지富士 요정에서 결혼 피로연이 있었다. 이나바야因幡屋(가게 이름. 본문에선 가게 주인을 일컬음)의 아들로 올해 스물네 살이 된다. 내지에서 신부를 맞이하여 고향인 이나바에서 결혼식과 피로연을 하고, 이 땅에서도 결혼을 축하하기 위해 열린 피로연인 것이다.

이나바야하고는 꽤 다투기도 했지만 오랫동안 알고 지낸 터라 그 연회에 나가지 않을 수 없었다. 나가면 반드시 한마디 인사를 하라고 할 것이다. 그 마을에서는 무슨 의식이나 연회가 있으면 부윤府尹과 고스케가 항상 먼저 지명되어, 교훈이 됐건 축사가 됐건 인사를 해야만 했다. 후키야 고스케는 상공회의소 회장이자 청년단 단장이기도 했다.

모닝코트로 갈아입을 때 문득 차가운 바람이 가까이서 불어온 것 같았다. "오늘 밤은 일찍 돌아오마" 하고 그는 딸인 유미코弓子에게 말했다. 그러세요, 하며 유미코는 고개를 들었지만, 마음을 헤아린 것 같았다. "아무래도 불쾌하니까."

그렇게 말해 버리고, 고스케는 아차 싶었다. 불쾌하다고 입 밖으로 내 버리면 그 감정이 점점 커져서 연회장까지 가는 동안 얼마나 큰 뿌리를 내리고 또 가슴까지 치밀어 오를지 모른다. 그것이 최고조에 달했을 때 연설이라도 시작하게 되면, 축사고 뭐고 할 상황이 아닐 것이다. 이나바야나 그의 아들이 당황하는 것은 그렇다 치더라도 멀리 낯선 땅에 온 신부가 불쌍하지 않겠는가. 결혼 첫날밤에 이 땅에서 몽둥이를 맞은 꼴이 될 것이다. 게다가 손님들은 당연히 '이런 자리에서, 비상식적이지'라고, 자신의 신망마저 의심받게 될 것이 뻔하다. 차라리 여행 갔다고 하고 여기를 떠날

걸 그랬다. 이나바야가 오늘 아침에 도착해서, 오늘 밤에 바로 피로연을 할 줄은 몰랐다. 이나바야에게 다른 뜻이 없었다 치더라도, 마치 자기를 함정에 빠뜨리려고 피로연을 오늘 하는 것처럼 생각되었던 것이다.

"있잖아요, 자동차 한 대, 빨리요."

전화에 매달려서 식모인 수난이가 쨍쨍거리는 목소리로 말하고 있는 것이 들렸다.

"자동차는 됐어. 걸어갈 거야."

후키야 고스케는 남풍이 불어오는 거리로 나섰다. 감사역을 맡고 있는 승합자동차 회사에는 승용차도 네다섯 대가 있지만 회사 업무 이외에는 반액을 내도록 되어 있다. 그 정도 규모의 작은 회사였다. 후키야 고스케는 경성京城에 급한 일이라도 있을 때 이외에는 자동차를 타지 않고 있다. 그것은 오랫동안 지켜 온 신조인 것이다. 그 신조를 실행할 때에는 근검절약이라는 문자가 머릿속에서 자랑스럽게 떠올랐다. 게다가 그날 저녁은 바람을 쐬면서 머리를 식혀 가는 편이 나았다. 이런 감정으로 자동차에 올라탔다가 어떻게 폭발할지 두려웠다.

남문은 하나의 커다란 통풍구 역할을 하고 있어서 성 밖의 바람과 성 안의 바람이 충돌해 회오리를 일으키고 있었다. 활동사진 광고나 할인 판매 따위의 적황색 전단지가 바람에 날려서 찰싹 하고 고스케의 땀에 젖은 볼에 달라붙곤 했다.

남문을 나오면 바로 이나바야가 있다. 백화점이라고 간판을 붙여 놓았지만, 잡화상에 지나지 않는다. 오늘 밤이 피로연인데도 전등이 환하게 켜져 있는 걸 보니, '이런 일로 가게를 쉬거나 문을 일찍 닫는 것은 과분할 정도로 장사가 잘 될 때나 하는 짓이지' 하고 딴전부리고 있을 이나바야의 작은 눈을 치켜뜬 혈색 나쁜 얼굴이 떠올랐다.

'그 녀석하고는 오래된 적수지간이었지' 하고, 후키야 고스케는 잠시 감상에 젖었다.

고스케 쪽에서는 상대도 하지 않았지만 이나바야 쪽에서는 그만을 표적으로 삼아 투지를 불태워 왔던 것이다. 생각해 보면 우스운 일들뿐이었다.

2

후키야 고스케가 이 마을에 정착했을 때는 식료잡화상이었다. 러일전쟁에 종군해서 만주수비, 조선수비를 계속 해오던 사이에 그는 어느새 이등병에서 특무조장까지 올라가 있었다. 마지막으로 주둔했던 것이 이 마을이고, 고향에 남기고 온 아내로부터 아기가 태어났다는 전보를 받은 것도 성 안에 있는 옛 군수 집을 개조한 수비대 안의 포플러가 바람에 울고 있던 영정営庭이었다. 여자 아이라는 소식에 그는 별로 낙담하지도 않았고 "공주 하나에 아들 둘이라고 하지 않나" 하고 동료들로부터 축하 인사를 받고, 그 말에 순수하게 기뻐했다. 남녀 성별은 문제가 아니었다. 다만 아버지가 되었다는 흥분이 몸 안에서 격렬하게 일어나 그날 밤은 차마 잠들지 못하고 밤중에 조용히 일어나서, 녹지 않고 남아 있는 눈이 발밑에서 사그락거리는 영정을 마구 걸어 돌아다니다 지치면 큰 은행나무 뿌리에 걸터앉아 세 식구가 된 일가를 어디에다 세울지 고민했다. 만주와 조선을 수비하며 돌아다니다 보니, 손바닥만 한 땅을 지키고 있는 형들 곁으로 돌아갈 마음도 들지 않고, 소학교를 졸업하고 바로 뛰쳐나와 내해內海를 건너 오사카로 가서, 신문배달이나 전화 교환수를 하면서 수리數理의숙을 다닌 오륙 년 동안에도 그곳에서 발붙일 곳을 찾지 못했다. 다섯째로 태어난 고스케에게 이미 고향은 없는 것이나 마찬가지였다. 억지로 고향을 갖다 붙인다면 아내가 있는 호요豊予 해협에 위치한 성시城市지만, 장인 곁으로 돌아간다고 해도 딱히 그럴듯한 직업이 자신을 기다리고 있는 것도 아니었다.

미증유의 발전을 이루고 있는 신일본의 고동은 후키야 고스케의 심장 속에서도 울리고 있었다. 다만, 무엇을 기반으로 이 새로운 지역에서 자리를 잡으면 좋을지 전혀 짐작이 가지 않았다.

큰 은행나무 아래서 생각은 정리되지 않은 채 대륙의 밤은 빠르게 흘러 환하게 날이 밝기 시작했다. 생각해 낸 것은 유미코라는 이름뿐이었다. 의식의 밑바닥에서부터 자신의 군적을 상징하는 이름을 붙이고 싶다고 생각했기 때문에 이러한 이름이 떠오른 것이다. 성과 함께 읽으면 후키야 유미코가 되어 한층 운을 품고 있어서 용감하고 아름답게 여겨졌다.

후키야 특무조장이 숙사로 돌아가려고 하자, 쪽문에서 무명으로 짠 작업복을 입은 작은 남자가 고개를 내밀었다. 단골로 드나드는 군납업자인 이나바야다.

그렇다, 이 남자에게 상황을 물어보자. 후키야 고스케는 이 마을에서의 장사 형편을 넌지시 물어보았다.

"수비대도 마침내 돌아간다는 말씀인가요?"
라고 이나바야는 오히려 되물었다. 마을은 이미 평온을 되찾아서 수비대가 필요 없어지고 있었다. 곧 용산 사단으로 이관하는 날이 다가오고 있는 것이다. 군납업자인 이나바야에게 그것은 주요 단골을 잃는 것이기도 했다. 그는 이를 걱정하고 있는 것이다.

"아, 그건 이미 결정 나서 시기만 정하면 돼. 이나바야네는 단골이 줄게 되겠군. 그건 그렇고 어떨까, 그 대신 이나바야의 경쟁 상대가 한 집 늘어난다면 어떻게 될까?"

"농담이시죠"
라고 말하며 이나바야는 작업복 속에 머리를 묻으며 작은 눈을 반짝거렸다.

제대 기한은 이미 지났었다. 제대 날짜를 받지 못한 채 남아서 병사 훈련을 담당하고 있었지만, 이쯤에서 민간인으로 돌아갈 때도 되었다. 용산으로 이관하자마자 후키야 고스케는 퇴관해서 이 땅에 가게를 얻었다. 하사금과 연금이 밑천이 된 것이다. 이나바야가 돌봐 주면서 도매상과 협상하는 법 등을 일러 주었다.

후키야 고스케는 아내와 유미코를 불러들여 가게에 딸린 작은 조선가옥에 새 가정을 꾸렸다.

가게는 순조롭게 발전해 갔다. 순조롭다기보다는 비약적이라고 해도 좋겠다. 세계대전 후의 호황으로 고스케가 취급하는 영일만의 알젓, 북조선의 명태, 부산의 해삼, 북해도산의 문어다리와 같은 해산물들이 소달구지로 몇 대씩이나 운반되고, 창고에서는 사람들이 줄을 서서 지게로 짊어지고 갔다.

후키야 고스케는 겨우 주판을 배워서 테이블 위에서 탁탁거리며 주판을 놓았는데, 손님을 상대하는 것은 꽤 어색했다. "매번 고맙습니다"라는 말이 아무래도 나오지 않아 "어어"라고 말했다.

이를 대신 맡은 것이 아내인 이토에糸江였지만, 이토에는 한참 동안 새로운 환경과 장사에 익숙해지지 못해서 좀처럼 가게에 나오지 않았다. 그녀는 수탉이나 용 등 색채가 화려한 그림이 걸려 있는 온돌방 안에서 거문고를 꺼내 고고小督(노가쿠能楽의 사장詞章에 가락을 붙인 요쿄쿠謡曲 제목)의 슬픈 곡을 타곤 했다. 이토에의 가느다란 목이 아름다워 때때로 뒤돌아 온돌방을 들여다보면, 이토에는 손을 뻗어서 현을 꾹 누른 채로,

"여보, 삼천 엔이 모이면 돌아갑시다. 내년이면 모일까, 내후년이면 모일까"

하고 거듭해서 고향인 성시로 돌아가고 싶어 했다. 네 살이 된 유미코가 엄마를 꼭 닮은 가냘픈 얼굴로 거문고 옆에 오도카니 앉아서 치요가미千代紙(일본 색지) 등을 접으며 놀고 있곤 했는데 그 예의바른 몸가짐도 이토에의 가르침이었다. 이토에는 유미코가 밖에 나가 조선 아이들과 어울리는 것을 싫어해서 유미코를 한시도 떼어놓지 않았고, 고향의 추억들을 들려 주었다. 이토에는 황량하게 느껴지는 동네 공기에 익숙해지지 않아서 온돌방 안에 틀어박혀 자주 열이 난 채로 누워 있었다. 그녀가 잘 쓰는 표현으로, '아아,

그 입 안에 넣으면 한입 가득 차오르는' 달콤하고 커다란 송이의 이요伊予귤을 그리워했다. 이요귤이 해안선 따라 빨갛게 익어 가는 성시에서는 두드리면 탱탱하게 튕기는 치쿠와竹輪(구멍이 뚫려 있는 어묵)를 만든다. 속이 비치는 밀대로 싼 스마키簀巻(밀대로 감싸서 찐 어묵)도 만드는데, 이것은 부들부들한 흰 생선의 질감이 났다.

사년째에, 이토에는 아이를 낳았다. 이번에도 여자아이였다. 전전날부터 고스케는 북조선의 어장으로 출장을 나가 있었다. 그날은 명태도 풍어였다. 발동선이 통통거리며 항구로 돌아오던 중에 어선 한 척이 파도 사이에서 흔들리고 있었는데, 조선 남정네 키 정도 되는 도미가 어망에 머리만 걸린 채 커다란 꼬리로 배 끝을 치고 있었다. 인어 같은 분홍빛이 너무도 훌륭해서 고스케는 넋이 나간 듯이 우두커니 서 있었다. 정신을 차렸을 때는 이미 발동선은 어선에서 꽤 멀리 떨어져 있었지만, 고스케는 무리하게 부탁해서 되돌아갔다. 도미는 조선 남자들 네댓 명에게 눌린 채, 배 바닥에서 아직도 힘 좋게 뛰어오르고 있었다. "길이가 3자 5치(약 105센티미터)는 되겠습니다" 하고 거래처의 남자가 말했다. 이렇게 큰 도미는 이 어장에서는 아직 본 적도 들은 적도 없다.

"보기에는 대단하지만 맛은 그다지 좋지 않습니다"라고 말하며 거래처의 남자가 사는 것을 말리려고 했으나, 고스케는 홀린 듯이 조선 어부들이 부르는 값에 샀다. 3엔 50전이었다.

숙소로 돌아오니 전보가 와 있었다. 이 큰 도미를 낚아 올리고 있던 즈음이었다. 자신이 벅찬 가슴으로 은빛 비늘의 반짝거림에 넋을 잃고 있었을 때였다. 재미있다고 고스케는 생각했다. 상자 안에 얼음을 채워서 기차 안으로 가지고 들어갔는데 사람 키만 한 인형 상자 같았다.

아기는 태어날 때 남자 아이처럼 고성을 질렀다고 한다. 약간 조산으로 말라 있었지만 대신 유미코와 달리 튼튼한 골격이 두드러졌다. 힘찬 목소리로 울고 있는 그 아이를 보았을 때, 고스케는 마침내 정착했구나 하는 감격이 가슴 속에서 강한 덩어리처럼 느껴졌다. 조선의 선鮮 자를 따서 아사코鮮子라고 하자. '이것으로 드디어 나도 자리를 잡았다'고 생각했다.

길이 3자 5치인 큰 도미는 손님 스무 명을 대접한 모든 요리에 사용되었지만 다 먹지 못했다. 그 축하 자리에서 이나바야가 "우리 요이치与市와 인연을 맺어 주면 어떨까요" 하고 작은 눈을 치켜뜨며 적극적인 관심을 보였다. 요이치라고 하는 것은 이나바야의 차남으로 언니인 유미코와 동갑이었다. "이것으로 저희들도 정착했다고 할 수 있는 거죠" 하고 이나바야가 말했다.

"좋지" 하고, 고스케도 무릎을 쳤다. 이런 식의 약혼이 뭔가 구식인 감이 있지만 이 땅에 완전히 정착하게 된 기쁨이 장래를 밝고 아름다운 희망으로 가득 채워 바라볼 수 있도록 해 주었다.

아사코의 탄생은 이토에에게도 커다란 전환점이 되었다. 이토에는 거문고를 버리고 가게로 나오게 되었다. 아침 점심 저녁을 팔방으로 뛰어다니는 보통학교 출신의 점원들에게 이토에는 창고로 나가서 주문수와 바구니에 넣는 현물을 대조해 보고, 밤에는 밤대로 조선인 식모〔원문은 鮮女(어머니)〕의 등에서 기름 냄새 나는 쪽머리에 볼을 비비며 울어 대는 아사코를 내려놓고 젖을 물리면서 장부를 적곤

했다. 유미코는 혼자 남겨져 가게 쪽문에서 조심조심 들여다보면서, "엄마, 엄마" 하고 이토에를 찾았다. 그러나 엄마가 이전처럼 따뜻하게 대해 주지 않는 것을 보고, 좁은 어깨를 축 늘어뜨린 걸음걸이로 온돌방 안으로 돌아가서 혼자 유년화보幼年画報(아동 잡지) 등을 보는 아이가 되었다.

후키야 고스케는 변함없이 군대식으로 어떠한 손님이 와도 "어어" 하고 웃고만 있어서, 이토에가 가게 일을 신경 쓰려고 하면 끝이 없었다.

"설탕 주세요" 하고 손님이 들어오면, 고스케는 일하는 아이의 이름을 이치로一郎, 지로二郎, 사부로三郎, 하루기치春吉, 나쓰기치夏吉, 아키기치秋吉 등으로 불렀지만, 일하는 아이가 모두 나가고 없으면, "귀찮겠지만 직접 달아서 가져가시오"라곤 했다. 그렇게 하면 손님은 오히려 양을 속일 수 없게 되어 저울 눈금이 조금이라도 틀릴까 봐 들여다보았고, 조금이라도 넘으면 고개를 움츠리고 고스케 쪽을 바라보았다. 그러나 고스케는 아무것도 모른다는 듯이, "어어, 귀찮지요, 귀찮지요, 돈은 거기 있는 종이 그릇에 넣어 주세요, 네에, 거스름돈이요, 가격이 이러이러하니 적당히 가져가시오"라고 말하곤 했다. 그러면 손님은 오히려 정직해져서 거스름돈을 집어 들고 난 후 종이 그릇을 고스케에게 보여 주곤 했다.

"어어, 수고."

이런 식이었지만 매상은 점점 올라갔다. 이나바야네는 얍삽한 짓을 해서 방심할 수 없지만, 군인 아저씨네 가게는 정직해서 눈을 감고 있어도 안심이라는 등의 소문이 돌았다. 실제로 상품에 관해서는 청결하게 다뤄서 그는 돈을 만진 다음에는 반드시 알코올 묻힌 탈지면으로 손끝을 닦도록 했다. 조금이라도 품질이 떨어진 상품이 입하되면 돌려보냈고, 썩은 것이 발견되면 거래처에 엄중히 항의했다. 이런 하자가 있는 물건은 가게 앞에서 놀고 있는 조선 아이들에게 주었다. 그러자 조선 아이들은 이제 요령이 생겨서 그의 가게 앞에 줄을 서서 고스케가 나오는 것을 기다리게 되었다.

3

대부분이 장사 상식에서 벗어나 있어서 이나바야는 주문을 받으러 가는 도중에 자전거를 세우고, 고스케 가게에서 엽차를 홀짝거리면서 "이래서는 안 됩니다"라고 주의를 주었는데, 고스케는 그저 싱글싱글 웃고만 있을 뿐이었다. 오사카에서 갈고 닦아 온 상도덕에 굳은 신념을 갖고 있는 이나바야는 고스케의 장사 스타일을 보고 있자니 조마조마하는 노파심보다 도덕상 강한 반발을 느낀 것이다. 하자가 있는 물건을 굳이 조선 아이들에게 줄 필요 없이 고등농림학교의 합숙소나 잠업蠶業 시험장의 합숙소, 그 밖에 얼마든지 팔 곳은 있었다. 그냥 던져 줄 거라면 자신이 사겠다고 이나바야는 주장했다.

"도저히 그냥 보고 있지 못하겠으니, 모두 사겠소. 싸게 해 주소."

그렇지만, 고스케로서는 하자가 있거나 질이 안 좋은 물건을 판다는 것은 용납할 수 없었다. 고스케도 어느샌가 신념 같은 것을 갖게 되어서, 자신은 굳이 머리를 숙여 가면서 사 달라고 하는 것이 아니다. 배급망을 갖고 좋은 상품을 선택해서 제공하는 것은 일종의 사회적 사업인 것이다. 그렇기 때문에 그는 빈말로 "매번 고맙습니다"라고 말할 필요도 없었던 것이었다. ‘매번 고맙습니다’라고 말하는 것은 오히려 제공받은 손님 쪽이 아닌가, 라고까지 생각하고 있었다. 이는 결코 그가 인사말을 못하는 것을 스스로 합리화하려고 그러는 것만이 아니라 스스로의 신념에 심취할 수 있는 체질이었기 때문이다.

그러한 신념을 이나바야에게 피력하려 한다면 이나바야는 펄펄 뛸 것이 뻔했다.

“그럼, 어디 해 보시지, 장사의 신이 울고 갈 거요. 하늘이 이제 곧 등을 돌릴 것이요. 당신의 상법이 어떻게 터무니없이 무너지는지, 기대하겠소.”

이치로는 도저히 당해낼 수 없어 신경질만 나니까 이나바야는 퉤 하고 침을 뱉고 나가 버렸다. 자전거에 올라타면서, 그는 ‘두고 봐라, 박살내고 말 테니’ 하며 분개했다. 자기는 매일 이렇게 자전거로 여기저기 뛰어다닌다. 경성이나 부산까지 가서 단가를 조금이라도 깎기 위해 반나절이나 땀을 흘려가며 버텨서 떨이를 깎아 싸게 사온다. 사람이 실컷 고생하고 있는 동안, 후키야 고스케는 코끼리 같은 거구를 의자에 삐져나오게 앉아서 ‘적당히 가져가시오’라는 식으로 장사를 하고 있는 것이다. 게다가 손님을 보면 깔보듯이 잘난 척을 한다.

아아, 그러나 억울하게도 이나바야의 단골들은 점점 군인 가게 쪽으로 옮겨가는 것이다. 이를 막아 보려고 손님이 기뻐할 만한 상품들, 예를 들어 쟁반이라든가 수건걸이 같은 것들을 큰맘 먹고 사들여 그가 직접 머리를 숙여 가며 팔고 다니는 것으로 하루가 지나가 버렸다. 처음 가는 집에서는 이나바야가 주인이라는 것을 모르기 때문에 식모마저도 물을 따라 달라느니, 잠깐 달려가서 중국우동을 주문해와 달라느니 건방진 말을 해 댄다. 그래도 이나바야는 지금이 고비라고 장사의 신에게 빌고, 점원처럼 뛰어다녔던 것이다.

이러한 근심 걱정을 이나바야는 묘한 방법으로 풀었다. 이 일은 주로 사람이 붐비는 장날의 길거리에서 일어났다. 이나바야는 목에서 가래가 끓어 아무데서나 침을 퉤퉤 뱉는 버릇이 있었다. 이 버릇은 생리적으로 묘하게도 반복해서 나타나, 한번 그 현상이 시작되면 계속해서 내두르면서 전후좌우 여기저기로 침을 내뱉지 않으면 안 되었다. 내뱉을 때 혀를 말아서 보기 좋게 멀리까지 날리는 기술을 그는 무의식중에 터득하고 있었기 때문에 남이 보면 뭔가 이유가 있어서 난폭하게 굴고 있는 것처럼 보였다.

이 일로 시장 근처의 강둑길에서 자주 사건을 일으켰다. 이나바야가 자전거 위에서 침을 뱉자, 침에 맞은 조선 남자가 손에 든 새끼줄로 엮은 저린 생선을 흔들어 올리면서 "이놈" 하고 고함을 질렀다. 그러자, 이나바야는 "뭐라고" 하며 자전거에서 내려와 달려드는 것이다. 5자(尺)가 채 되지도 않는 마른 육체이지만 놀랄 만한 투지로 덤벼드는 것이다. "이놈이라니."

놀라서 도망치는 자도 있었으나, 침을 뱉고는 사과도 하지 않고 오히려 덤벼드는 자는 혼내 주지 않으면 안 된다고 생각했는지, 덤벼든 그의 작은 체구를 그대로 들고 강가로 가 휙 하고 던져 버리는 사람도 있었다. 강물이 그다지 깊지는 않았지만, 그래도 그의 가슴까지는 왔기 때문에 그는 내던져진 기세로 한두 간間(1간은 약 1.1미터) 떠내려갔다. 그럴 때면 그는 워낙 성미가 나쁘기 때문에 물에 빠진 생쥐마냥 젖은 채로 강기슭으로 기어 올라와 아무 가게나 들어가서 경찰에 전화를 걸었다. 이러이러한 생김새의 남자가 나를 강으로 던졌으니 체포해 달라는 것이었다. 가끔 그도 함께 유치장에 들어갈 때가 있었다. 그럴 때 돈을 치러 그를 빼내 주러 가는 것이 후키야 고스케의 역할인 것이다. 정말 한심한 고집쟁이다. 이런 남자의 아들과 아사코의 혼담은 유보하지 않으면 안 되겠다고 단단히 결심하는 것이었다.

그를 꺼내 주고 돌아오는 길 내내, "이제 그만해라. 마흔 살이나 된 남자가 보기 흉하잖아"라고 고스케는 착잡한 마음으로 말했지만, 이나바야는 주먹만 한 얼굴을 치켜올리면서 "왜, 그래도 아직……" 하고 대꾸했다.

이나바야의 경쟁심은 한층 더 타올라 마침내 아이들에게까지 영향을 미치게 되었다.

유미코도 그의 차남인 요이치도 이미 학교에 다니고 있었는데, 성적표를 받는 날이면 그는 가게 앞에서 팥알만 한 눈을 크게 뜨고 유미코가 돌아오는 것을 기다리고 있었다. 유미코와 요이치는 둘 다 조용한 성격이고 사이가 좋았기 때문에 손을 잡고 돌아온다. 그러면 그는 둘한테서 성적표를 낚아채 비교해 보는 것이었다. 유미코는 거의 매학기

수석을 차지했다. 때때로 요이치에게 뭔가 아주 뛰어난 성적이 나오면 그는 기뻐서 어쩔 줄 몰라 비스킷의 부스러기를 긁어모아 둘에게 선심을 썼다. 하지만 대개의 경우는 요이치 쪽이 졌다. 그럴 때 그는 유미코 앞에서 무서운 표정을 지었다. "까짓, 장사에서 이길 거야, 암 이기고 말고" 하며 다짐을 하고 이미 울기 시작한 요이치의 목덜미를 잡고 안으로 끌고 들어갔다.

4

이토에가 죽었다. 어이없는 죽음이었다.

아키기치가 바구니에 주문받은 물건을 넣고 있는 것을 곁에서 '구즈니시 댁에 명란젓 오백 돈匁(약 1.8킬로그램), 다치바나 댁에 야채 삶은 캔 두 개' 하며 확인하고 있었다. 창고의 어두컴컴한 불빛 속에서 아키기치의 지렁이 같은 글씨를 힘들게 판독하면서 포장에 쓰인 이름과 대조하며 읽고 있을 때, 이토에는 갑자기 현기증을 느끼고 옆에 산처럼 쌓여 있는 짐에 매달렸다. 위생 나무젓가락의 산더미였기 때문에 하얀 각봉투 더미가 무너지면서 매달린 이토에의 머리 위로 떨어졌다. 눈앞이 깜깜해져서 이토에는 무릎을 꿇었지만, 그 위로 나무젓가락의 흰 각봉투가 후드득후드득 흩날리고 있었다. 이토에는 조금도 아프지 않았고 오히려 어둠 속에서 펑펑 내리는 함박눈을 본 것 같았다.

아키기치의 급보를 받고 고스케는 창고로 뛰어와 이토에를 안아 일으켰다. 얼굴에는 핏기가 없었고 이마를 만지니 열이 펄펄 났었다.

"괜찮아요."

이토에는 고스케의 손을 떨치면서 자신이 괜찮다는 증거를 보이려고 했다.

"함박눈이 펑펑 내려서 아주 예뻤어요."

"바보 같은 소리. 당신은 좀 쉬어야 되겠어."

고스케는 싫다고 하는 이토에를 업고 안에 있는 온돌방으로 데려갔다.

열이 40도를 넘었다. 이토에는 성시에서 자란 소녀시절 때의 헛소리를 했다.

"와레이사마和魂様(무고한 죄로 처형당한 얀베세이베土山清兵衛의 저주를 가라앉히기 위한 제사) 축제날에는 반짝반짝 빛

나는 비녀를 팔고 있었어. 예뻤어."

닷새째 아침, 이토에는 숨을 거두었다. 감기가 도져 폐렴이 된 것이었지만, 고스케는 '과로야, 과로가 한꺼번에 온 거라구' 하며 자신의 경솔함을 채찍질하고 싶은 심정이었다.

숨을 거두기 전 잠시 회복되었을 때, 이토에는 "아사코는?" 하고 곁에 앉아 있는 사람들을 둘러보며 물었다.

"아, 아사코, 걔는 이나바야의 닭장에 맡기고 왔어. 매일 아장아장 걸으면서 닭을 좇고 닭이 꽥꽥 울면서 도망가는 것을 재미있어 해."

이토에는 잠시 눈동자가 밝아지더니,

"아사코는 강하네"

하며 미소지었다. 그 미소 속에서 후키야 고스케는 이토에의 동경憧憬을 본 것 같았다. 옮겨 심은 나무 중에서도 이토에는 너무나 섬세하고 아름다웠다. 이 땅의 토양에서 쑥하고 나온 아사코 같은 나무는 튼튼한 뿌리를 내리고 뻗어갈 것이다. 아무리 메마른 흙덩이 속에서도 양분을 흠뻑 빨아들일 것이 틀림없다. 고스케도 이토에와 함께 아사코에게 희망을 걸고 있었다.

5

그로부터 다시 20년 가까운 세월이 흘렀다.

후키야 고스케는 재향군인회나 청년단, 상공회의소, 그 외의 여러 가지 사회공공사업을 그 마을에 창설하여 민간 대표로 추대받았다. 사업도 이에 따라 확장해 갔지만, 이쪽은 위험한 고비를 겪으면서 계속해서 살얼음판을 걷는 듯한 상황이었다. 되돌아보면 잘 버텨 왔다고 생각되었다. "어어, 가져가시오"라는 식을 고집해 왔지만, 이나바야나 그 외 제대로 장사를 해 온 셀 수 없이 많은 동업자들이 공황 때마다 부도나 야반도주를 하는 비극을 뻔히 보면서도 고스케만은 어찌됐든 가게를 발전시켜 왔다. 하지만 그 가게도 최근 몇 년 동안은 이익 면에서는 한심한 것이었다. 발매처에서 소매가격을 발표하는 추세가 되면서부터 경우에 따라서는 4다스에 한두 개가 파손되어 있으면 이익도 산산조각이 나므로 자꾸 경비가 늘어나서 손실이 점점 더 커졌다.

어느 해인가 공황일 때였다. 공황인 데다가 그해에 관청과 회사의 봉급생활자들이 모두 가세한 소비조합이 출현했다. 이삼 년 전부터 조짐이 보이기 시작했기 때문에 소매상연맹의 회장으로 추대받고 있던 후키야 고스케는 경성이나 그 외 지역에 진정陳情하러 다녔다. 그러나 그해 가을에 조합은 점차 구체화되어 성문 밖 일각에 하얗게 벽을 칠한 점포가 들어섰다. 마침 그 마을 씨신氏神의 가을 제사를 하고 있어서 청년단의 젊은이들이 머리띠를 두르고, 오미코시御神輿(신령들을 모셔놓은 가마)를 어깨에 걸머지고 행렬을 지어 마을을 누비고 다녔다. "왔쇼이, 왔쇼이" 하고 기세 좋은 구호가 들리면 가게들은 술독이나 캐러멜을 입구에 늘어놓고 기다리고 있었다. 후키야 고스케의 가게 앞에서 술을 한잔 들이키고 나서는 오미코시가 흔들리면서 다시 한번 기세 좋은 목청이 들리는가 싶더니, 기운이 너무 좋은 나머지 대여섯 집 건너에 있는 소비조합의 유리문에 부딪치고 말았다. 그때, 선두에 서 있던 것이 이나바야의 아들 요이치이고 술을 못 마시는 그는 캐러멜을 물고 있었다.

이 사건으로 요이치는 다른 이들과 함께 며칠간 경찰에

잡혀 있었고 결국 기소되어 벌금형을 받게 되었다. 이나바야는 소매상연맹이 만들어졌을 때도 "그런 일은 장사꾼이 할 일이 아니지 않소" 하고 가까이 하지 않고, 반대로 소비조합 쪽에 몰래 다리를 놓아 도매상품을 계약할 정도였기 때문에 차남인 요이치가 소매상연맹 측의 선두에 서서 벌금형을 받게 된 것에 극도로 분개하여 부자간의 인연을 끊겠다고 말한 것이다.

후키야 고스케는 자신이 회장이기도 하고 아사코와의 혼인이야기도 아직 취소된 것도 아니었기에 요이치를 맡아 경성의 고등상업학교에 입학시켰다. 고스케는 속으로 요이치가 차남이니 졸업 후 양자로 받아들여서 현재의 점포를 물려줄 생각을 하고 있었다. 이미 승합자동차나 철도, 그 밖의 사업에도 손을 대고 있었지만, 오랜 세월 동안 고투하면서 닦아 온 그 가게만은 다른 사람 손에 넘기고 싶지 않았다. 아사코와 요이치 콤비라면 충분히 해낼 것이라고 기대하는 구석이 있었던 것이다.

아아, 그러나 그 기대가 보기 좋게 깨진 것이다. 게다가, 오랫동안 동반자로 지내온 이나바야에게 배신당하다니,

그 억울함을 뭐라 말할 수 있겠는가. '까짓, 장사로 이길 거야' 하며 이나바야에게 주먹만 한 얼굴을 치켜세웠지만, 장사에서는 생무지였던 자신이 그를 보기 좋게 제치고 만 것이다. 그것이 아사코의 신상에 이상한 보복으로 돌아올 줄이야 예상도 하지 못한 일이었다.

"아사코는 강하네" 하고 이토에가 숨을 거두기 전 지은 미소처럼 어머니의 세심한 배려도 받지 못하고 홀아비 슬하에서 아사코는 감기 한번 걸리지 않고 무럭무럭 자랐다. 병을 전혀 모르는 튼튼한 아이였다. 유미코는 어머니를 닮은 체질이었기에 고스케도 꽤 신경을 썼지만, 매학기의 반은 무슨 병인가에 걸려 학교에 가지 못했다. 그래도 성적은 남녀 통틀어서 수석을 차지하는 묘한 머리를 지닌 녀석이었다. 얼굴색은 항상 좋지 않고 여학교를 다닐 즈음에는 주근깨가 코 주변에 약간 생겼었다. 신경을 써 준다고 해도 유미코는 그냥 가만히 놓아 두면 되었다. 심성이 착하고 말을 잘 들어 남이 봐도 걱정되지 않았다. 신경 쓰게 만든 것은 오히려 아사코였다. 세탁할머니라고 부르는 어릴 적부터 돌봐주었던 식모의 집에 가서는 먼지를 뒤집어 쓴 마른 명태 조각을 씹거나 세탁할머니를 팔아서 포장마차의 가락엿이나 고무사탕을 사먹거나 주막에서 파는 콩이 든 소금떡을 사오곤 했다. "5전錢 줘. 식모에게 주게." "식모가 사 줬어." 그러면 식모도 아무렇지 않은 얼굴로 돈에 손을 댔다. 조금이라도 돈을 만지면 알코올로 닦을 정도인 고스케였기에 그런 불결한 군것질은 참을 수가 없었다. 캔디나 쌀과자를 준비해 놓아도 그것보다는 동네 흙먼지 속에 있는 마을의 먹거리가 아사코는 더 친숙한 것이었다. 산 중턱에 새로 지은 별택으로 이사 가서도 아사코는 자주 시장으로 나갔다. "언니야 가자" 하고 유미코를 졸라도 유미코는 책상에 달라붙어서 "그렇게 북적북적한 곳은 질색이야" 하고 눈썹을 찌푸렸다. "언니, 미워! 그럼 나 혼자 갈 거야."

아사코는 폴짝폴짝 뛰어나가는 것이었다. 시장에 가면, 산처럼 쌓인 빨간 대추 더미가 아름다웠고 코를 찌르는 듯한 달콤한 향기로 가득했다. 닭 두 마리를 소중하게 안고 살 사람을 기다리는 농부가 있는가 하면, 다람쥐가 바구니 속에서 쳇바퀴를 돌리고 있었다. 빨간 눈의 토끼가 엉성한 우리에서 도망 나올 때도 있었다. 음매 하고 울고 있는 강가에 묶인 송아지에게 작은 돌멩이를 던지는 것도 재미있었다. 세탁할머니의 딸 수난이가 강가에서 유목을 건져와 돌 위에 얹어 널뛰기를 하고 있었다. "비켜, 비켜" 하며 다른 소녀들을 밀쳐 내고 수난이와 둘이서 노래를 부르면서 나무판 위에서 뛰는 것도 즐거웠다.

5학년이 되자 아사코는 2리(일본에서의 1리는 한국의 열 배인 3927.2미터임)나 떨어진 목장에 가게 되었다. 북해도에서 전학 온 이왕직李王職(일제 강점기 때 조선 왕실의 일을 맡아보던 관청)의 목장관리자의 딸이 마차로 통학을 했다. 문장이 달린 까만 칠을 한 마차는 아름다웠고, 앵글로아랍종이 끄는 낡은 마차였지만, 두 마리의 말이 거리를 활주하는 모습은 이루 말할 수 없이 상쾌해 보였다. 그 소녀는 안장도 하지 않은 말을 보기 좋게 탔다. 단발머리를 살짝 흔들며 "너도 타는 연습을 해" 하며 자랑스럽게 말했다. 아사코는 포니의 작은 말부터 시작해서 점점 앵글로아랍종을 탈 수 있게 되었다.

6

아사코가 여학교를 졸업할 때까지 고스케는 이 사실을 몰랐다.

어느 날 그는 상공회의소에서 최근 친하게 지내고 있는 사람들과 정기모임에 나갔다. 다섯 명 중 세 명이나 자동차 회사의 임원이었기 때문에 모임은 자동차로 멀리 나가기로 되어 있었다. 2리 정도 산을 넘으면 백운지라고 불리는 저수지가 있었다. 백운이 걸릴 듯한 높은 산도 없고, 구릉의 골짜기에 물이 고였을 뿐인 특별히 운치가 있는 풍경도 아니었지만, 봄에는 띄엄띄엄 자란 소나무 사이로 파란 풀잎이 무성해져 얼핏 보면 산기슭을 따라 끝없이 이어져 있는 것 같았다. 호수 위의 기생을 실은 배에서 장금을 울리고 요염한 노랫소리가 흘러나왔다.

호수를 따라 두세 채의 요릿집이 나란히 있고 온돌방에 앉아 호수 수면과 제방에서 넘쳐흐르는 폭포의 물을 바라보면서 중국요리라도 먹자는 취지였다.

그날은 이 모임에서 그동안 적립해 온 벳부別府 땅 값을 드디어 다 치르고 목욕탕 건물의 준공 사진이 나왔다. 간사인 마에다前田가 "이것으로 드디어 처박혀 있을 곳도 정해졌고"라고 말하고 입술을 꾹 다물면서 억지로 기쁨을 참는 표정을 지었다. 그것이 묘하게 일동의 들뜬 마음을 가라앉혔고 한 사람 한 사람 건네받은 사진에 얼굴을 파묻고 뚫어져라 들여다보았다. 고스케도 사진을 보았다. 아마도 짙은 녹색일 것이다. 이 근방에서는 볼 수 없는 튼튼한 흑송이 밀생해 있어 가지들이 아름답게 뻗쳐 있었다. 욕탕은 한 모퉁이에 지어져서 깔끔한 흰색으로 칠해져 있었다. 그때 이런 게 눈에 들어왔다. 200평가량의 포장된 토지 한구석에 작고 하얀 말뚝이 서 있었다. 눈을 가까이 대고 들여다보니 "후키야 고스케씨 별장 건설지"라고 쓰여져 있는 것이다.

그때 "야아" 하고 탄성을 지르는 자가 있었다. 맞은편에 앉아서 안경을 벗고 눈을 사진에 갖다 붙이고 있던 구라야倉谷가 "어이, 이름표가 서 있네. 이름표가 세워져 있어. 구라야 유타로 씨 별장 건설지."

그러고 나서는 그의 버릇인 피리소리처럼 들리는 하햐햐 하는 웃음소리를 냈다.

일동은 안도의 한숨을 내쉬듯이 갑자기 시끌벅적해져 작년에 벳부로 시찰 갔을 때의 이야기 등을 시작했으나, 고스케는 방금 전의 감동이 '이상하다'는 생각이 들어 이를 되새기고 있었다. 고스케나 다른 사람들도 토지나 산은 모두 갖고 있었다. 지난번 적립 때는 경성의 신부성新府城 가까운 곳을 사들였었다. 금액도 그쪽이 훨씬 비쌌다. 토지회사의 선전도 해야 해서 높고 큰 말뚝에 '후키야 고스케 님 소유지'라고 먹물 자국 뚜렷하게 써 놓았다. 그때는 이런 감동은 없었다. 10년 갖고 있다가 팔면 몇 퍼센트의 이익이 되는지 등의 계산을 머리 한구석에서 시작하고 있었던 것이다.

"정말이지 안심했습니다."

간사인 마에다가 말했다. "실은 저는 어젯밤에 이 사진을 받았는데 사진을 보고 간만에 잠을 이룰 수가 없었어요. 아무래도 이상하다고 생각했는데 오늘 여러분들의 감동은 저에게 비할 바가 안 될 정도군요. 실은 처음에 제가 말을 꺼냈을 때는 많아 봤자, 한두 명이 동참할 거라고 생각했었습니다. 그런데 호흡을 맞추기라도 하듯 이의제기도 없이 가결되었잖소. 놀랬습니다. 내지에 별장을 갖는다는 매력이 이렇게 강할 줄이야."

"매력이라기보다는 아무래도 혼심을 다한 동경憧憬이지."

햐햐햐 하고 웃는 버릇이 있는 변호사인 구라야가 시원

하게 말했다.

음…… 하고 고스케는 신음하는 심정이었다. 결정적인 한마디를 들은 것 같았다. 그는 모임이 있을 때마다 "이 땅은 내 뼈를 묻을 곳으로"라고 강연을 해 왔던 것이다. 실제로 그런 마음가짐으로 살아왔다고 생각해 왔던 것이다. 이런 생각지도 못한 복병에게 자신의 마음가짐이 시험당하게 될 줄은 몰랐다.

그날은 다른 용건도 없이 잡담을 나누면서 대기해 놓은 자동차로 돌아갔다. 하얀 흙먼지가 일어나는 길을 달리는가 싶더니 멀리서부터 두 마리의 말이 갤럽으로 달려왔다. 사람의 모습을 확실히 확인할 수 있을 만큼 다가오자, 둘 다 새하얀 승마복을 입은 여자라는 것을 알 수 있었다.

"어, 미인인데!", "서양인인가?", "선교사의 딸이겠지"라고들 시끌벅적 떠들고 있었다. 보고 있는 사이에 가까워져 자동차와 스쳐 지나가는 순간, 앵글로아랍종의 예리하고 사나운 말을 가볍게 타고 있는 딸의 모습이 보였다. 그러나 도저히 아사코라고는 생각할 수 없었다. 뭔가 가죽 같은 새하얀 옷도 훌륭했고 상기된 볼은 이제껏 본 적이 없는 고귀함이 넘쳐흐르는 것 같았다. "몰래 용돈을 모아서 녀석, 저런 짓을 하고 있었군."

고스케의 딸이었다는 것이 동료들도 의외였던지, 농담을 던지려고 앞으로 몸을 내민 변호사인 구라야는 말허리가 꺾인 격이 돼서 조용히 평범한 말을 했다.

"딸을 가지면 고생이 끝이 없어. 우리 집에는 세 명이나 예비군이 대기하고 있지. 큰 녀석은 벌써 스물일곱 살이나 됐으니까."

그렇다. 우리 집도, 하고 고스케는 생각했다. 유미코는 이미 스물네 살이고 적령기를 이제 막 넘기려고 한다.

"조선에서 자란 딸들이 범람하고 있어요. 남자들은 모두 내지로 아내를 찾으러 가지. 이래서야 조절이 되겠어요? 우리 딸들은 여자대학에 가고 싶다는 것을 전문학교도 그만두게 하고 후쿠오카에 있는 예비신부학교에 집어넣었어요. 그런데도 전혀 신청이 없어요."

여느 때와는 달리 격정적으로 된 구라야는 "아니, 있긴 있었지만 말이 안 되지" 하고 고쳐 말했다. 고스케는 그 심정을 이해할 수 있을 것 같았다. 유미코의 경우도 실제로 그러했다.

"괘씸한 현상이야. 좀 거론해야 되지 않겠소."

"그게 말일세……"

하고 간사인 마에다가 비아냥거리듯이 말했다.

"향수일세. 아까의, 예의 향수 말일세. 내지의 것이라면 마마자국도 보조개로 보이는 걸세."

그러자 방금 전까지 풀이 죽어 있던 구라야가 이때다 싶게 정확하게 말했다.

"내지에 별장을 세우는 심리라든지, 자칫 잘못해서 망하게 되면, 내지와의 인연이 발붙일 곳이 된다는."

7

후키야 고스케는 이상한 현장을 지켜봤다.

사철私鉄회사의 회의가 끝나고 인접해 있는 본선역 교내로 들어갔다. 조선풍의 누각을 흉내 낸 역사駅舎는 낙성 당시에는 아름다웠지만, 색깔이 선명했던 벽도 군데군데 벗겨지고 돌바닥에는 여기저기 침이 뱉어져 있었다. 신경新京발, 부산행 특급이 도착하기 직전의 대합실에는 사람의 훈김으로 후텁지근했다. 역 앞 광장으로 빠져나가려고 하자, 조선 남자들의 어깨 너머로 트렁크를 들고 뛰어 들어오는 남자가 있었다. 요이치였다. 새로 장만한 남색의 서지serge 정장이 학생복과 달리 신선한 느낌이었고 아직 정장을 소화해 내지 못한 앳된 모습이 어색했다.

"어디 가는 거냐."

그러자 아직 숨을 헐떡거리면서,

"내지로 갑니다."

그러고 나서는 아차 싶다는 듯 얼굴이 창백해졌다.

"잠깐, 표를 사오겠습니다."

요이치는 겸연쩍은 분위기를 정중한 경례로 속였다.

조선에서 태어나 자란 일본 젊은이가 트렁크를 들고 '내지로 갑니다'라고 말할 경우는 대개 신붓감을 고르러 가는 게 틀림없었다. 일반 가정에서는 신붓감을 고르러 가는 일 말고는 내지로 돌아갈 구실이 없었다. 때로는 신붓감 고르러 가는 고향 방문 여행이 처음이자 마지막이 될지도 모를 일이었다.

이럴 때 마주치면 사람들은 어깨를 두드리며 "잘 하고

와" 하고 놀려댔다.

표를 사가지고 돌아온 요이치는 어색한 듯이 직립부동의 자세를 취했다. 청년단에서 자주 본 모습이다. 아버지를 닮지 않아 체격도 훌륭하고 눈도 아름다웠고 잠시 이대로 놓치는 것이 아까운 생각이 들었다.

"언젠가 말씀도 드리고 사과드리러 찾아뵙겠습니다."

이런 익숙지 않은 말을 머뭇거리면서 말했다.

그때, 이나바야가 자전거를 타고 나타났다. 열쇠를 걸어 잠그고, 휙 둘러보다가 고스케가 있는 것을 보고는 깜짝 놀란 듯 했다. 그러자 이상한 일이 일어났다. 이나바야가 도망친 것이었다. 그 지기 싫어하는 고집 때문에 이제껏 작은 몸이 터질세라 달려온 남자가 도망친 것이다. 삶아 먹을 수도 구워 먹을 수도 없는 뻔뻔함으로 밀고 나가는 남자가 도망치다니 이게 어찌 된 일인가.

이나바야는 등을 구부리고 쥐처럼 재빨리 역 앞 광장을 가로질러서 샛길 속으로 모습을 감추었다.

거짓말이었구나 생각하자, 화도 안 나고 반대로 웃음이 나왔다. 장사를 하거나 인간관계를 맺어 오면서 이중 삼중으로 무장태세를 갖춘 듯했으나 그 안에 무언가 빈틈이 있었던 것이다. 고스케는 문득 일전의 벳부 토지 일을 떠올렸다.

8

한시한살寒時寒殺
열시열살熱時熱殺
빈시빈살貧時貧殺

추울 때는 추위를 죽이고
더울 때는 더위를 죽이고
가난할 때는 가난을 죽인다.

고스케는 투망을 어깨에 걸머지고 수렁 속으로 걸어 들어갔다. 처음에 발목까지였던 것이 점점 깊어져서 종아리부터 허리까지 질퍽질퍽 들어갔다. 멈춰 서서 고스케는 허벅지를 봤다. 카키색 바지는 허벅지 위까지 걷어 올려져 있었다. 허리 부분까지 광석 부스러기 같은 진흙이 부글부글 끓어오르듯 힘차게 올라오고 있었다. 그때마다 전신에 차가움이 시리게 퍼졌다.

'흠' 하고 고개를 끄덕거리고 고스케는 한쪽 발을 빼서 앞으로 내딛었다. '한시한살, 열시열살, 빈시빈살' 고스케는 마음속으로 읊었다.

아사코는 요이치 따위에겐 아까운 애다. 그렇게 생각하고 이나바야나 요이치가 한 짓을 지나치게 책망하지 않을 생각이었다. 그런 구두 약속은 자주 있는 일이다. 원체 장사꾼인 이나바야에게 자신의 도덕관을 기준으로 거세게 비난해도 어쩔 수 없지 않은가. 이나바야하고는 싸움도 꽤 했지만, 가게를 처음 열 때 도와준 은인이기도 하고 오랫동안 알고 지낸 사이이기도 했다. 뒤로 모래를 뿌리는 듯한 짓을 하긴 했지만, 왠지 미워할 수 없는 것이다. 이렇게 20년이나 같은 땅에서 얼굴을 마주하고 있는 이상, 어색하게 사이가 나빠져 서로 노려보고 싶지 않았다. 그 정도의 수양과 도량은 자신에게도 있을 것이라고 생각했던 것이다.

어젯밤, 피로연의 후지요정에 가니, 벌써 손님은 모두 착석해 있고 부윤府尹과 자신만이 신랑 신부와 마주앉게 되어 있었다. 각오는 하고 있었지만 묘한 기분이었다. 읍장의 인사는 이미 끝난 듯 사회 보는 이가 "기다리고 있었습니다, 뭔가 한마디만 신랑신부에게 훈언해 주실 말씀이 있으

시면"이라고 말했다.

"금번 요이치 군이 좋은 인연을 얻게 되어 새로운 생활을 시작함에 있어서……"

하고 처음은 매우 진부한 인사를 하고 있었다. 말을 하면서 고스케는 맞은편의 신부를 보았다. 벽처럼 하얗게 칠한 분화장 속에서 감출래야 감출 수 없는 검은 피부가 눈에 띄었다. 광대뼈가 뾰족하고 눈은 작고 움푹 들어가 있었다. 뭔가 얼굴 생김새에 둔한 천박함이 느껴졌다. 이것이 요이치가 아사코 대신에 원한 신부인가. 요이치는 목을 움츠리고 아래를 보고 있었다. 이나바야는 옆을 보고 천장의 일각을 그 팥알 같은 눈으로 노려보고 있었다.

"생활을 검소하게 하고 근검력행勤儉力行하며……."

이런 말을 떠들고 있는 사이에 어느샌가 고스케는 "원래 결혼식이나 피로연이라고 하는 것도 생활에 맞게 해야 된다고 생각하고 있습니다. 식은 신사神社에서, 피로연은 공회당에서 비록 10전짜리 과자봉투라도 기쁘게 받아 주는 모든 사람들과 함께 축복하고 싶다고……."

'아아, 이거 이상하다' 하고 고스케는 말을 끊었다. 후지요정이나 그 밖의 요릿집 주인이 항의의 눈빛을 보내고 있는 걸 알았다.

방향을 바꿨지만, 그것이 더 안 좋았다. 가슴속에서 끓고 있던 것이 쑥쑥 치고 올라오는 것이었다.

"원래, 이 땅에서 자란 꽃은 자연스럽게 자라고 있어서 적당한 상대가 없으면 모를까, 꽃들은 넘쳐흘러 줄지어 피어나고 있는데 뭐 굳이 고향 것이 아니면 안 될 이유는 없는 것입니다. 이는 여차하면 제2진으로 들어앉겠다는 타산도 있겠습니다만, 배척해야만 할 비겁한 심리여서……."

'아아, 이건 더더군다나 안 좋다' 하고 후키야 고스케는 연설 도중에 중단하고 놀라는 사람들을 뒤로 한 채 밖으로 나와 버렸던 것이다.

강이 가까워지자, 진흙이 철썩철썩 밀려와 허벅지 윗부분까지 잠겼다. 강은 밀물이어서 물이 격한 파도가 되어 힘차게 거꾸로 휘감고 있다. 황해의 진흙을 나른 노란 물이었다. 간만의 차가 심한 이 지역에서는 밀물일 때는 흙탕물이 휘감겨 밀려들어 오고 썰물에는 바다 밖 2, 3리까지 강바닥이 드러난다. 밀물일 때, 그물을 던지면 바다 숭어가 잡혔다. 밀물이 지나간 다음에 나가면 남겨진 물웅덩이에 몸이 잠긴 붕어나 점어들이 그물에서 빼내는 것이 귀찮을 정도로 걸려 오는 것이었다. 근심걱정으로 어찌 할 바를 모를 때 고스케는 이 강으로 나왔다. 차가운 수렁 속으로 밀고나가노라면 웬만한 근심 걱정은 잊을 수 있었다.

고스케는 머릿속이 아직도 소용돌이 치고 있는 것을 느끼면서 진흙빛 파도의 물결을 바라보고 있었다.

추울 때는 추위를 죽이고　　寒時寒殺
더울 때는 더위를 죽이고　　熱時熱殺
가난할 때는 가난을 죽인다.　　貧時貧殺

고스케는 문득 이토에의 유골을 아직도 절에 맡긴 채인 것을 떠올렸다. 언제 이 땅을 떠날지도 모른다는 염려에 묘지를 만드는 일은 염두에 두지 않았던 것이다. 그 녀석도 여기에다가 확실히 묻어 줘야지.

그때 강 맞은편 하얀 가도街道를 모래먼지를 휙휙 날리면서 말 두 마리가 질주하고 있는 것이 보였다.

아사코의 흰 승마복이 햇살에 눈부시게 보였다. 아사코는 이런 자신의 심경을 어떻게 여길 것인가. 어리석다고 생각할까.

고스케는 일어서서 자세를 취한 다음, 그물을 던졌다. 그물은 공중에서 낙하산처럼 펴지면서 역류하고 있는 파도 위로 떨어졌다.

근현대 일본 문학과 임진왜란 관련 작품

1. 아쿠타가와 류노스케의 〈김 장군〉

〈김 장군〉이라는 작품

현재 한국에서 아쿠타가와 류노스케芥川龍之介[1]는 아쿠타

1) 1892-1927년. 일본의 소설가. 일본 도쿄 출생. 도쿄대학 영문과 졸업. 도쿄대학 재학 중에 당시 일본 최고의 소설가 나쓰메 소세키夏目漱石의 문하에 들어가 구메 마사오久米正雄, 기쿠치 간菊池寬(본명은 히로시라고 읽는다) 등과 함께 제3차 《신사조新思潮》를 발간하여 처녀작 〈노년〉을 발표하였다. 이어서 《신사조》에 〈코〉 등을 발표하여 문단의 인정을 받았다. 그 후로는 역사소설로써 역설적인 인생관을 나타내려고 하는 이지적 작풍을 주로 선보였다. 합리주의와 예술지상주의 작풍으로 일세를 풍미하였으나, 만년에는 프롤레타리아 문학의 대두 등 시대의 동향에 적응하지 못하여 회의와 초조와 불안에 싸여 결국에는 심한 신경쇠약에 빠져서 '막연한 불안'을 이유로 자살하고 말았다. 복잡한 가정 사정과 병약한 체질은 그의 생애에 어두운 그림자를 드리워 일찍부터 비관적이고 회의적인 인생관을 갖고 있었다. 다이쇼大正 시대를 온몸으로 살고 사라져 간 아쿠타가와의 대표

가와상의 명성과 〈라쇼몬羅生門〉 등의 작품을 통하여 일본을 대표하는 작가의 한 사람으로 알려져 있다. 그렇지만 한편으로는 아쿠타가와와 조선과의 관련성에 관하여 논의된 바가 없을 정도로, 조선과 관련이 없는 작가로도 취급되어 왔다. 실제로 아쿠타가와의 짧은 생애 속에서 조선 체험이라 부를 수 있는 유일한 사건은, 그가 29세인 1921년 3월 오사카 마이니치 신문사大阪毎日新聞社의 해외시찰원으로 중국에 파견되었다가 귀국하는 동년 7월에 봉천奉天에서 부산까지 기차로 한반도를 종단한 것뿐이었다. 아쿠타가와의 중국 체험은 그 후 〈지나유기支那游記〉로 정리되었지만, 그의 조선 체험이 너무 짧았던 탓인지 조선에 관한 기록은 아무것도 남아 있지 않다.

이러한 아쿠타가와가 조선과 관련하여 쓴 단 하나의 특이한 작품이 바로 〈김 장군〉이다. 〈김 장군〉은 잡지 《신소설》 1924년 2월호에 발표되고 동년 7월의 제7단편집 《5

작으로는 〈라쇼몬〉, 〈어떤 바보의 일생〉, 〈톱니바퀴〉, 〈갓파〉, 〈서방인〉 등이 있다. 1935년부터 매년 2회(1월, 7월) 시상되는 아쿠타가와상은 그의 동료인 기쿠치 간이 그를 기념하기 위해 자신의 출판사인 문예춘추사文芸春秋社에서 제정한 문학상이다.

월 남동풍黃雀風》에 수록되었는데, 그 내용은 임진왜란기 조선의 김응서 장군을 다루고 있다. 아쿠타가와는 스스로 작품 안에서 "이것은 조선에서 전해지는 고니시 유키나가小西行長의 최후다"라고 말하고 있듯이 한국 쪽의 설화에서 취재한 것이다. 즉, 임진왜란의 격전지였던 평양성을 무대로, 기생 계월향의 도움으로 김응서 장군이 왜장을 살해했다는 유명한 이야기를 교묘하게 사용하여 작품을 구성하였다. 〈김 장군〉에는 부분적으로, 임진왜란을 그린 조선의 대표적 작품인 《임진록》 그대로의 묘사마저 보인다. 여기서 김 장군이란 임진왜란기에 활약한 김응서 장군을 가르키는 단어로, 쇼군将軍이란 흔히 일본에서 말해지는 막부幕府의 수장과는 전혀 다른 단지 무장武将이란 개념으로 혹은 한국에서 흔히 말하여지는 장군이라는 개념으로 사용되고 있다.

아쿠타가와가 동서고금의 문헌에서 이야기를 채용하여 작품화하였음은 이미 밝혀진 사실이지만[2] 조선의 임진왜

2) 예를 들어 다키자와 바킨滝沢馬琴을 주인공으로 한 〈게사쿠 삼매戲作三昧〉, 〈곤자쿠 모노가타리슈今昔物語集〉에서 취재한 〈라쇼

란 설화에서의 채용에 관해서는 이제까지 언급된 적이 없었다. 아쿠타가와 문학의 출전 연구 혹은 아쿠타가와와 고전과의 관련 연구에도 〈김 장군〉은 소외되어 왔으며, 《芥川龍之介事典》(明治書院)에는 그 출전이 단지 조선의 전설朝鮮の伝説이라고 쓰여져 있을 뿐이다.

따라서 이 글에서는 한일 양국의 아쿠타가와 연구에서 소외되어 온 〈김 장군〉이라는 작품을 들어 본 작품이 조선의 《임진록》에서 채용한 것임을 명확히 하고, 아울러 아쿠타가와와 조선과의 관련성에 대해서도 고찰해 보고자 한다.

김응서와 유키나가·기요마사의 조우

〈김 장군〉은 4백자 원고지 여덟 장의 짧은 작품이므로, 거의 전문을 셋으로 나누어 인용하면서 살펴보자. 작품은 도요토미 히데요시가 조선을 침략하기 30년 전의 조선에서 가토 기요마사 · 고니시 유키나가와 어린 김응서가 만나는 것으로부터 시작된다.

몬〉·〈덤불 속藪の中〉 등은 널리 알려져 있다.

어느 여름 날, 삿갓을 쓴 승려 둘이 조선 평안남도 용강군 동우리의 시골길을 걷고 있었다. 이 두 사람은 단순한 유랑승이 아니었다. 실은 멀리 일본에서 조선을 정탐하러 온 가토 히고노카미 기요마사加藤肥後守清正와 고니시 세쓰노카미 유키나가小西攝津守行長였다.

두 사람은 주위를 둘러보며 벼가 푸릇푸릇한 논두렁 사이를 걸어가고 있었다. 그때 불현듯 길가에 농부의 아들처럼 보이는 한 어린아이가 둥근 돌을 베개 삼아 새근새근 자고 있는 것을 발견했다.

이 첫머리에서부터 이미 아쿠타가와의 픽션이 보인다. 예를 들면 역사적인 사실로 보아도 정찰자의 조선 팔도 정탐은 없었으며, 또한 전란이 일어났을 때에는 햇수로 기요마사가 31세, 유키나가가 35세(?), 김응서가 28세 정도이므로 '30년 뒤' 운운은 사실과 동떨어져 있다. 《임진록》의 이본 중에는 전란 전에 일본의 여덟 장군이 조선 팔도를 정탐한 것에 대한 묘사가 있는데,[3] 거기에는 간첩으로서의 기

3) '국립중앙도서관소장본'(한문본), '경판본'(한글본), 《흑룡일기》(백순재본) 등의 《임진록》이본에 왜장의 조선 정탐이 묘사되어 있다.

요마사나 유키나가를 의미하는 소섭蘇攝 혹은 소섭小攝 등의 이름도 보인다. 고니시 세쓰노카미 유키나가는 《임진록》에 등장하는 평수길平秀吉(도요토미 히데요시), 평청정平淸正(가토 기요마사)과 같은 인물명과는 달리 소섭, 혹은 소섭으로 기록되어진 것은 그의 관직명과 관련이 있기 때문이었을 것이다. 그러나 《임진록》에는 아쿠타가와가 묘사한 것과 같은 일본의 간첩과 조선의 어린아이와의 만남이나 대결 등은 전혀 그려져 있지 않다. 즉, 전란 전의 기요마사·유키나가와 어린 김응서와의 만남 설정, 그리고 이를 둘러싼 기요마사와 유키나가의 성격 차 등은 아쿠타가와에 의한 완전한 창작이라고 말할 수 있을 것이다. 그것은 뒤이은 전란 중의 김응서에 의한 유키나가 살해라는 장면과 수미일관되어 작품 전체의 구성을 극적으로 만드는 역할을 수행하고 있다.

또한 아쿠타가와는 김응서와 유키나가와의 만남의 장소를 평안남도 용강군 동우리라고 자세히 적고 있는데, 이곳 용강군은 김응서의 고향으로서 《임진록》 이본군에 폭넓게 보이고 있다. 한국 쪽의 작품에서 실제 지명을 가져와

씀으로써 아쿠타가와는 자신의 창작에 구체성을 주고 있다고 말할 수 있다. 여기서 김응서(1564-1624)에 대해 간단히 설명해 두자. 그는 임진왜란 때 평양의 서쪽을 방어하여 유키나가 군의 출격을 저지한 무장이다. 평양성 탈환의 공에 의해 1593년 평안도 방어사에 명받았고, 뒤이어 경상도 우병사로서 활약, 나아가 전란 후인 1619년에는 만주족으로부터의 공격을 막기 위해 중국의 명으로부터 요청을 받아 부원수로서 만주에 출병한다. 그 뒤 만주족 누르하치에게 투항하였지만 곧 조선에 만주족의 내정을 밀고하고 있던 것이 발각되어 살해당하고 만다. 그 투항은 당시 광해군의 밀명에 의한 것이라고도 말해지는데, 어쨌든 그의 만주 출병과 항복, 그리고 이국 만주에서의 죽음이라는 일련의 사건은, 후의 《임진록》에 있어서 크게 변형되어 그려지게 된다. 즉, 김응서 장군은 히데요시의 조선 침략에 대한 보복으로서 일본 정벌을 행했다는 설화로 윤색되는 것이다. 예를 들면 일본에 출정하여 왜왕의 회유책으로서 왕녀 혹은 왜왕의 여동생과의 결혼, 그리고 최후에는 전사 혹은 자결이라는 형태로 허구화되어 버린다.

고니시 유키나가 살해 설화

그러나 뭐니뭐니해도 김응서 장군에 관한 가장 유명한 이야기는, 평양성에서 기생 계월향의 도움을 빌어 고니시 유키나가를 살해했다는 것이다. 다음은 아쿠타가와가 《임진록》에서 취재한 고니시 유키나가 최후의 장면이다.

> 어느 겨울밤, 유키나가는 계월향에게 술시중을 들게 하면서 그녀의 오빠와 주연을 벌이고 있었다. 그녀의 오빠 또한 하얀 피부에 풍채가 뛰어난 대장부였다. 계월향은 평소 때보다도 한층 더 교태를 부리면서 연거푸 유키나가에게 술을 권하였다. 더구나 그 술 속에는 어느 틈엔가 잠드는 약이 녹아들어 있었다.
>
> 잠시 후 계월향과 그녀의 오빠는 술에 취해 쓰러진 유키나가를 뒤로 한 채, 몰래 어딘가로 그 모습을 감췄다. 유키나가는 취금翠金 장막 밖에 비장의 보검을 걸어 둔 채로 정신없이 자고 있었다. 그도 그럴 것이 이는 반드시 유키나가가 방심한 탓만은 아니었다. 게다가 이 장막은 방울진이었다. 누구라도 장막 안에 들어오려고 하면 장막에 둘러쳐진 보물 방울이 바로 소란스럽게 울려 유키나가의 잠을 깨워 버린다. 다만 유키나가는 계월향이 이 보물 방울이 울리지 않도록 어느새인가 방울에 솜을 채워 둔 것을 모르고 있을 뿐이었다.

계월향과 그녀의 오빠는 다시 그곳으로 돌아왔다. 오늘 밤 그녀는 수놓인 치맛자락에 아궁이의 재를 담아두고 있었다. 그녀의 오빠도 — 아니 그녀의 오빠가 아니다. 왕명을 받든 김응서는 소매를 높이 걷어붙이고 손에 청룡도를 한 자루 내려뜨리고 있었다. 그는 조용히 유키나가가 있는 취금 장막으로 다가가려 했다. 그러자 유키나가의 보검이 저절로 칼집을 빠져나와, 마치 날개가 달린 것처럼 날아 김 장군을 향해 덤벼들었다. 그러나 김 장군은 조금도 당황하지 않고 재빨리 그 보검을 겨냥해 한 무더기의 침을 뱉었다. 보검은 침투성이가 되자 곧바로 신통력을 잃어버렸는지 탁 하고 마룻바닥에 떨어져 버렸다.

김응서는 크게 포효하면서 청룡도를 한 번 휘둘러 유키나가의 목을 떨어뜨렸다. 그러나 이 무서운 왜장의 목은 분하다는 듯이 이를 갈며 원래의 몸뚱이로 되돌아가려고 했다. 이 불가사의한 장면을 본 계월향은 재빨리 치맛자락 속에 손을 넣어 유키나가의 목이 잘린 부분에 몇 줌의 재를 뿌렸다. 목은 몇 번이나 날아올랐지만, 재 투성이가 된 베인 부분에는 끝내 한 번도 안착하지 못했다.

하지만 목을 잃은 유키나가의 몸뚱이가 손을 더듬어 보검을 집어 들자, 바로 김 장군을 향해 그것을 던졌다. 뜻밖의 공격을 당한 김 장군은 계월향을 한쪽 팔로 안아들고 높은 대들보 위로 뛰어올랐다. 그러나 유키나가가 던진 보검은 공중에 날아오른 김 장군의 새끼발가락을 잘라 떨어뜨렸다.

날이 새기 전의 일이었다. 왕명을 수행한 김 장군은 계월향을 업고서 인기척이 없는 들판을 달리고 있었다. 들판 끝 너머에는 잔월殘月이 한 가닥 상흔을 남기고 마침 어두운 언덕 뒤로 지려고 하는 참이었다. 김 장군은 문득 계월향이 임신 중이라는 사실이 떠올랐다. 왜장의 자식은 독사와도 같다. 지금 죽이지 않으면 어떤 큰 해악을 빚어낼지 모른다. 이렇게 생각한 김 장군은 30년 전의 기요마사처럼 계월향 모자를 죽일 수밖에 없다고 마음을 정했다.

영웅은 옛날부터 센티멘털리즘을 발 아래로 짓밟는 괴물이다. 김 장군은 즉시 계월향을 죽이고 뱃속의 아이를 끄집어냈다. 잔월 빛에 비추어진 아기는 아직 형태도 안 잡힌 핏덩어리에 불과했다. 그러나 그 핏덩어리는 몸을 부르르 떨더니 돌연 사람처럼 큰소리를 질렀다.

"이놈, 이제 3개월만 기다리면 아버지의 원수를 갚아 줄 것을!"

그 목소리는 물소가 울부짖듯이 어두컴컴한 들판에 울려 퍼졌다. 동시에 한 가닥 상흔을 남기던 잔월도 어느새 언덕 너머로 사라져 버렸다.

이 그로테스크한 분위기 속에서의 고니시 유키나가의 죽음은 마치 괴담을 연상시킨다. 이처럼 본 작품의 중심 사건은 임진왜란 당시 평양에서의 김응서와 계월향의 고니시 살해라 볼 수 있다. 그 스토리나 묘사는 조선의 《임진록》에 그려진 김응서의 유키나가 살해 장면과 거의 일치하고 있다. 현재까지 아쿠타가와는 조선어도 못하고 조선과는 관계가 없는 것으로 알려져 있는데, 이러한 내용의 작품을 어떻게 하여 쓸 수 있었다는 것인가?

두 작품에 대해 논하기 전에 우선 한국 쪽의 역사 기록을 살펴보자. 먼저 이야기의 기본 줄거리가 되는 김응서와 관한 기사는 《평양지》에서 찾아볼 수 있는데, 이 기사가 1912년에 나온 《연려실기술》에 실려 있어 시기적으로 아쿠타가와가 접했을 가능성을 상정할 수 있다.

1592년 8월 1일, 이미 고니시 유키나가 군軍이 점령하고 있던 평양성을 조선 군이 공격하는데, 그 전투에 김응서 부대도 참전한다. 그 공격은 실패했지만 그때 패사했다고 생각된 김응서 장군이 뒤늦게 적장의 목을 들고 개선한다.

> (평양성) 보통문 밖에 접근하여 적의 선봉과 조우, 활을 쏘아 죽인 것이 수십. 갑자기 적이 많이 도달하자 아군은 사방에서 궤멸했다. 사망자가 들에 가득했고, 강변에는 용감한 병사들이 가득

부상당해 있다. 원익(순찰사)은 패하여 순안으로 되돌아왔다. 응서의 한 부대는 돌아오지 않는다. 원익 등이 말하길 "응서는 죽었다"라고. 날이 저물 무렵, 응서가 적장을 베고 백마를 빼앗아 전군이 돌아왔다. 원수에게 보고하자 방어사로 승진했다.

그때 유키나가의 부장 중에 용력이 남들보다 뛰어난 사람이 있었다. 일찍이 남들보다 앞서 올라가 진을 함락시켰다. 유키나가가 중하게 써서 위임했다. 부의 기생인 계월향이 그의 손안에 들어가 극히 사랑받았다. 벗어나려고 했으나 이루지 못하자, 청하여 서문으로 가서 친척을 찾으려 했다. 왜장이 이를 허락했다. 계월향이 성에 올라가 울며 소리치길 "내 오빠는 어디 있나요"라고 계속 소리치며 그치지 않자, 응서가 소리에 응하여서 왔다. 계월향이 맞이하여 말하길 "만약 나로 하여금 벗어나게 한다면, 죽음으로써 이에 보답하리라"고. 응서가 이를 허락했다. 스스로 계월향의 친오빠라 칭하여 성에 들어갔다. 계월향은 왜장이 한밤에 깊이 잠들어 있을 때를 살피어 응서를 데리고 휘장 아래로 들어가게 했다. 왜장은 그때 의자에 앉아서 자고 있었다. 두 눈을 뜨고 쌍검을 어루만지고 있었다. 만면은 완전히 벌개서 남을 찍어 죽일 듯한 자였다. 그래도 응서는 검을 뽑아 이 자를 쳤다. 왜장의 머리가 이미 땅에 떨어졌지만 여전히 검을 던졌다. 하나는 벽에 박히고 하나는 기둥에 박혀 칼날이 절반 들어갔다. 응서는 그 머리를 허리에 차고 문을 나왔다. 계월향이 뒤를 따랐다.

응서는 두 사람이 모두 온전할 수 없음을 알고는 검을 들어 그녀를 치고 성을 넘어 돌아왔다. 다음 날 아침에 적이 그 죽음을 알고 크게 놀라 정신을 잃었다.[4]

이 기록은 1912년 조선고서간행회에서 나온 《연려실기술》에 실린 《평양지》의 일부분으로, 출판 시기로 보아 아쿠타가와가 읽었을 가능성은 배제할 수 없다.[5] 김응서가 평양성에서 기생 계월향과 함께 왜장을 살해한 이야기는 《평양지》 이외에도 《임진록》, 구비설화 등에 이르기까지 널리 보인다. 그러나 그 역사적 진상에 대해서는 이미 《평양지》와 같은 역사문헌에도 설화적인 요소가 상당히 덧붙여져 있기 때문에 정확하게는 알 수 없다.[6]

4) 〈임진왜란 대가서수〉, 《연려실기술》 권15, 《연려실기술》 제3집 (조선고서간행회, 다이쇼원년), 194쪽. 이것은 〈김 장군〉에 앞서 간행된 것이다.

5) 이보다 앞서 1911년에 조선연구회에서 간행한 《평양속지》 권2의 120-121쪽에도 같은 기록이 수록되어 있다.

6) 이들 문헌에 등장하는 기생 계월향은 김응서와 같이 평안남도 영강군 출생으로, 어릴 적 이름은 화월이며, 이름을 월향이라고도 했다고 말해지는 인물이다. 그녀는 진주의 논개와 함께 조선의 대표적 순국의기殉国義妓로서 숭배되어, 계월향은 평양의 의열사에, 논개는 진

전체적으로 보아 〈김 장군〉과도 통하는 면이 많이 있지만, 《평양지》의 내용은 유키나가行長의 부장의 죽음이며 〈김 장군〉에서의 솥, 침, 재의 사용이나 뱃속의 태아 등의 이야기는 들어 있지 않다. 즉 아쿠타가와가 상기의 《평양지》의 내용만으로 본 작품을 창작하였다고는 보기 어렵다는 것이다.

그런데 《평양지》에 보이는 설화적인 요소는 《임진록》의 이본군에 이르면 더욱 다양한 형태로 변이되어 나타나고 있다. 이들 이본 간에는 내용이나 인명의 변화가 큰데, 특히 김응서의 고니시 살해에 대해서는, 김응서(혹은 김덕령) 장군이 계월향(혹은 月川, 月仙, 花月, 華月, 妓女)의 도움으로 고니시를 의미하는 소섭蘇摂/小摂 혹은 조섭調摂, 조서비鳥西飛 또는 그의 부장인 종일宗一을 살해하고, 그 후 계월향은 김응서(혹은 왜병)에게 죽임을 당하는 등의 다양성이 있다. 이러한 변화에 대하여 《임진록》 연구자인 임철호 교수는 문헌설화와 구비설화라는 양 계통을 축으로 하여 계월

주의 의기사에서 모셔지게 된다.

향 이야기의 변이와 의미를 파악하고 있다. 계월향이 김응서와 공모하여 왜장을 살해하는 구비설화는 《임진록》 최일영 계열과 같은 내용으로 보고 있다.[7]

아쿠타가와와 《임진록》

그렇다면 〈김 장군〉의 내용을 모두 포함하고 있는 《임진록》 이본이 존재하는가. 한문에 능한 아쿠타가와였으므로 상기 내용의 한문본이 있었다면 문제가 없겠지만 그러한 이본은 현재까지 발견되지 않고 있다. 결과적으로 아쿠타가와는 어떤 형태로든 《임진록》을 직접 접하였다고 볼 수밖에 없는데, 이에 관한 상황은 현재까지 전혀 알려져 있지 않다.

여기에서는 일단 〈김 장군〉이 《임진록》을 출전으로 한 작품이라는 것을 명확히 하기 위하여 〈김 장군〉에서의 독특한 묘사와 일치하는 몇 부분, 예를 들어, 방울진을 솜으로 막는 것, 잘린 머리가 몸체에 붙지 못하도록 재를 뿌리는 행위, 뱃속 태아의 세 달 뒤의 복수 운운 등을 살펴보기로

7) 임철호, 《임진왜란 설화와 민중의 역사의식》(집문당, 1989), 174쪽.

하자. 다음 일련의 인용은 《임진록》의 이본군 중 〈김 장군〉과 표현이 가장 일치하는 것 중에서 부분적으로 취한 것이다.

우선 김응서가 계월향의 오빠로 되어 있는 것은 《평양지》 이외에 《임진록》의 몇몇 이본에도 보이는 것이다. 그중 하나, 김응서가 계월향에게 모책謀策을 주는 장면을 살펴보자.

> 이제 다른 묘책이 없고 소섭에게 들어가 말을 하되, "내 오라비 용강 땅에 사옵더니, 이때를 당하여 장군이 성중에 웅거하심을 듣고 불원천리하고 와 장군을 뵈옵기를 청하나이다" 하고 이리이리하라.[8)]

다음으로 방울이 울지 않도록 계월향이 방울에 솜을 채웠다는 설정은 《임진록》에 있어서 다음과 같이 계월향이 김응서에게 하는 말에 상세하게 서술되어 있다.

8) 한국국립도서관소장본 《임진록》; 김기동 편저 《임진록》(서문당, 1982), 186쪽.

종일(고니시 유키나가의 부장명)은 진영 안에 침소가 있는데, 그 침소는 사면에 면으로 된 휘장을 드리우고 있고, 휘장의 귀퉁이마다 방울을 늘어뜨려서 조금이라도 흔들리면 방울이 소리높이 우는 구조로 되어 있습니다. 이것으로 불의의 사태에 대비하는 한편, 삼경 전에는 귀로는 자면서 눈으로 보고, 삼경 후에는 눈으로 자면서 귀로 듣습니다만, 사경이 되면 귀와 눈이 모두 자 버립니다. 지금부터 천한 기생인 저는 먼저 들어가 적이 잠드는 것을 기다려서 방울을 솜으로 막은 다음에 나올 것이니, 그때 장군이 들어오십시오.[9)]

또 유키나가의 목이 잘린 부분에 재를 뿌렸다는 묘사에 대해서는 다음과 같이 그려져 있다.

김응서가 칼을 들고 춤추며, 진언을 외우며 왼발을 울리고 세 번 침을 뱉은 뒤 (적의 침소에) 들어가…… 번개처럼 조섭(고니시 유키나가)의 목을 잘라 재빨리 땅에 떨어뜨렸다. 그러자 목이 없는 조섭이 명천검을 들고 연광정의 들보를 쳤고 들보가 꺾였다. 조섭의 목은 원래의 몸에 붙으려고 했으나 월선(계월향)이 치마에 감추고 있던 매운 재를 뿌리자 이윽고 몸이 쓰러졌다.[10)]

9) 경판본 《임진록》, 54쪽.

여기서 잘린 부분에 재를 뿌린다는 것은 주술적인 힘을 갖는 재에 의해, 잘린 것이 다시 붙지 않게 된다는, 동서의 괴담에 자주 있는 하나의 유형으로서 주목된다. 〈김 장군〉에는 "목이 잘린 부분에 몇 줌의 재를 뿌렸다"라고 되어 있고, 위의 《임진록》에는 "매운 재를 뿌리자"라고 되어 있다. 그리고 고려대학교소장본 《임진록》에는 월천(계월향)이 "재를 한줌 갖고 소섭(고니시 유키나가)의 목에 뿌리자, 동체가 방 안을 빙글빙글 돌며 칼을 들고 연광정의 들보를 친"[11]다고 되어 있다.

한편 들보 위에 뛰어올라 간 "김 장군의 새끼발가락을 잘라 떨어뜨렸다"는 점에 대해 《임진록》에는 "응서가 재빨리 칼로 종일의 목을 치고 훌쩍 뛰어 올라가 들보 위에 앉았다. 목이 없는 종일이 분노하여 일어서 보검을 쥐고 들보를 치자, 응서의 군복 소매가 잘려 떨어져"[12]라고 적혀 있어 "군복의 소매"로 되어 있는 것이 〈김 장군〉과 다를 뿐이다.

10) 한국국립도서관소장본 《임진록》, 187-188쪽.

11) 고려대학교소장본 《임진록》, 19쪽.

12) 경판본 《임진록》, 50쪽.

나아가 계월향의 임신과 처참하고 으스스한 핏덩이에 관해서는 〈김 장군〉에서의 표현과 똑같은 문장도 보인다.

> "나(계월향)의 목숨을 아까워하지 말고 죽여서 배를 가르세요." 그래서 월천(계월향)의 목을 자른 뒤 배를 가르자, 뱃속에서 세 쌍동이가 나와 열 걸음이나 뛰어다니며 말하길 "삼 개월만 기다리면 아버지의 원수를 갚아 줄 것을"13)

이들 《임진록》 이본군의 인용에서도 확실히 알 수 있듯이, 〈김 장군〉이 《임진록》을 출전으로 한 것이라는 것은 명확할 것이다.

그러나 문제가 되는 것은, 《임진록》의 성격상 이본 간의 표현이나 내용의 차이가 커서, 〈김 장군〉에서의 표현이 전부 포함된 한 종류의 《임진록》 이본이 아직 발견되지 않은 것이다. 《임진록》 이본의 태반은 한글본이며, 그 내용의 반일·민족주의적 면 때문에 당시 일제 식민지하에 있던 조선에서는 출판이 전혀 허가되지 않았다는 사정을 고려

13) 이능우본 《임진록》, 18쪽. 이 표현은 한문본 《임진록》 이본군에는 보이지 않는, 한글본인 이능우본 《임진록》에만 있는 독특한 것이다.

하면, 아쿠타가와 류노스케가《임진록》이본군을 섭렵할 수 있었다고는 생각할 수 없다. 그러나〈김 장군〉과《임진록》간의 표현의 일치를 생각하면《임진록》에서의 김응서와 계월향의 경위를 상세히 알지 않고서는 쓸 수 없었을 것은 확실하다. 그래서 상정할 수 있는 가능성은, 첫째,〈김 장군〉에서의 표현이 모두 들어 있는 현재까지 알려져 있지 않은《임진록》이본을 접하였다. 둘째는 누군가로부터 김응서와 계월향에 관한 구비설화를 매우 자세히 들었다는 것밖에 없다. 그렇지만 현재까지 밝혀진 70여 편의《임진록》이본 중에서는 찾아볼 수 없다.《임진록》이본과 구비설화 등에 관하여 금후 좀더 조사를 해 갈 작정이다.14)

아쿠타가와는 임진왜란에 대해서도 관심이 있었던 듯,

14) 필자는 1992년 춘계 일본비교문학학술대회에서〈김 장군〉의 출전이《임진록》임을 밝히는 논문을 발표하고 게재하였다(참고. 졸고〈芥川龍之介'金将軍'と朝鮮との関わり〉,《比較文学》第35巻, 日本比較文学会, 1992). 이후〈김 장군〉의 출전으로 볼 수 있는 특정《임진록》를 규정하기 위하여《임진록》이본군에 대한 조사를 하여 왔고, 또한 전문가에게 가르침을 청하였지만 현재까지 아쿠타가와가 보았을 것으로 추정되는 특정《임진록》을 제시할 수 없는 상황이다.

일본근대문학관에 소장되어 있는 '아쿠타가와 류노스케 문고'에는 신문의 부록인 〈조선 정벌〉이 포함되어 있다. 그것은 그가 두 살 때인 1894(메이지 27)년에 나온 《중앙 신문》 제3535호부터 3600호까지의 부록으로서, 주로 조선에서의 전투가 묘사되어 있는 것이다. 물론 거기에는 벽제관 전투, 진주성 공방전을 비롯하여 평양성 전투도 포함되어 있지만, 김응서와 계월향 이야기는 보이지 않는다.

아쿠타가와의 작품으로 돌아가자. 그렇다면 〈김 장군〉은 《임진록》의 부분을 인용하여 꿰맞추었을 뿐인 작품일까. 아니, 그렇지 않은 점에 아쿠타가와의 훌륭함이 있다고 말하지 않을 수 없다. 즉, 작품의 모두가 아쿠타가와의 창작인 점은 이미 서술했지만, 그것은 작품의 구성상에 있어서 전체의 복선으로 작용하고 있다. 예를 들면 발단으로서의 어린 김응서와 유키나가·기요마사와의 조우라는 창작은, 유키나가와 그의 태아의 죽음이라는 사건과 마치 하나의 흐름처럼 교묘하게 호응하고 있다. 아쿠타가와의 허구는 부자연함을 느끼게 하기는커녕 조선 설화의 괴이한 분위기 속에 약동하는 인간성의 세계로 독자를 유인하는 힘을 갖고 있는 것이다.

아쿠타가와의 역사 인식

이 작품은 그것만으로 끝나지 않는다. 아쿠타가와는 작품의 결말부에 "이는 조선에 전해지는 고니시 유키나가의 최후이다"라고 자신의 창작을 감춘 위에서 새로운 전개를 보이고 있다.

> 이는 조선에 전해지는 고니시 유키나가의 최후이다. 유키나가는 물론 정한의 역征韓の役(임진왜란)의 진중에서는 죽지 않았다. 그러나 역사를 꾸미는 것은 비단 조선만은 아니다. 일본도 역시 어린아이에게 가르치는 역사는 ― 혹은 어린아이와 다름없는 일본 남아에게 가르치는 역사는 이러한 전설로 가득 차 있다. 예를 들어 일본의 역사교과서는 한 번도 이런 패전 기사를 실은 적이 없지 않은가?
>
> "대당大唐의 장군이 병선 170척을 이끌고 백촌강白村江(조선 충청도 서천현)에 늘어섰다. 무신의 날(戊申, 덴치 천황 2년 가을 8월 27일) 일본의 병선이 처음으로 이르러 대당과 싸웠다. 일본은 이익 없이 후퇴했다. 기유의 날(28일)……. 또다시 일본은 전열을 정비하지 않은 채로 중군을 이끌고 진격하여 대당 군에

공세를 가하였다. 대당은 곧 좌우에서 배를 좁혀 와 둘러싸며 공격하였다. 순식간에 관군이 패배했다. 물위에 떠서 익사한 자가 많았다. 뱃머리를 돌릴 수가 없었다."

이렇게 아쿠타가와의 상상력·역사 인식은 당시로부터 헤아려 약 350년 전에 해당되는 임진왜란에서부터, 또다시 약 900년 전의 사건으로까지 소급한다. 거기서 아쿠타가와는 《일본서기》에서 663년의 백촌강 전투를 끄집어내어, 승리만을 가르치는 당시 일본의 역사교육을 비판하고 있다. 거기에는 자국의 패전까지도 받아들이려는, 있는 그대로의 올바른 역사 인식 위에서 일본이 발전하기를 바라는 아쿠타가와의 소원이 나타나 있는 것은 아닐까.

아쿠타가와는 〈옛날(昔)〉에서, 그가 옛날에서 자료를 구하는 이유를 "오늘날 이 일본에 일어난 일로서는 쓰기 어렵다"고 말하고, 이 곤란함을 피하기 위해 "옛날이나 (미래는 드물 것이다) 일본 이외의 땅이나 또는 옛날 일본 이외의 땅에서 일어난 일을 사용할 수밖에 없다……. 이른바 역사소설이란 어떤 의미에서도 〈옛날〉의 재현을 목적으로 하고 있지 않다는 점에서 (나의 작품과) 구별할 수 있다"

〔최초의 ( )는 원문대로〕[15]는 시각을 드러내고 있다. 이것이야말로 〈김 장군〉에 들어맞는 문장처럼 생각된다.

아쿠타가와는 "어떤 나라의 역사도 그 국민에게는 반드시 영광스런 역사이다. 그러므로 김 장군의 전설만을 일소에 붙일 수는 없다"고 하는 문장으로 소설의 마지막을 매듭짓고 있다. 당시 조선이 일본의 식민지하에 있던 것을 고려하면, 상대국뿐 아니라 자국 인식 면에 있어서도 상대주의적 입장을 부르짖고 있는 것으로서 평가할 수 있을 것이다.

그런데 〈김 장군〉이라는 작품은 발표 시기로부터 환산하면 1923년 9월 1일의 관동대지진 다음부터 이듬해 정월 사이에 쓰여졌을 가능성이 높다. 관동대지진 때의 아쿠타가와의 행동과 〈김 장군〉 사이에는 큰 차이가 내재되고 있다. 당시 아쿠타가와는 '용감한 자경단의 일원'으로서 활약했다. 도쿄에 계엄령이 내려진 당시 아쿠타가와의 인식을, 기쿠치 간과의 대화에서 살펴보자.

지진 이외의 이야기가 나온 것은 아니다. 그중에 나는 큰불의

15) 芥川龍之介, 〈昔〉, 《芥川龍之介全集》 제2권, 124쪽.

원인은 ○○○○○○○○○ 같다고 말했다. 그러자 기쿠치는 눈썹을 치켜 올리면서, "거짓말이야, 자네"라고 일갈했다. 나는 물론 그런 말을 듣고 보니 "그럼 거짓말이겠군"이라고 말할 수밖에 없었다. 그러나 다음에 다시 한번, 아무래도 ○○○○은 볼셰비키의 앞잡이라고 하더라고 말했다. 기쿠치는 이번에도 눈썹을 치켜 올리고는 "거짓말이야, 자네. 그런 건"이라고 야단쳤다. 나는 또 "헤에, 그것도 거짓말인가"라고 갑자기 나 자신의 설(?)을 철회했다.

다시 한번 나의 소견에 의하면, 선량한 시민이라고 하는 것은 볼셰비키와 ○○○○과의 음모의 존재를 믿는 것이다……. 선량한 시민임과 동시에 용감한 자경단의 일원인 나는 기쿠치를 위해 아쉬워하지 않을 수 없다.[16]

여기에서 아쿠타가와가 말하는 ○○○○이란 당시 조선인을 멸시하여 일컬었던 '불령선인不逞鮮人'을 지칭하고 있다. 당시는 대지진의 혼란을 틈타 조선인이 방화, 폭동, 우물에 독약 살포 등을 하였고 그 뒤에는 공산당이 있다는 등의 조선인과 공산당에 대한 갖가지 유언비어가 정부 주

16) 芥川龍之介, 〈大震雜記〉, 《芥川龍之介全集》, 제2권, 176-177쪽.

도로 살포되고 있었다. 그 때문에 6천이 넘는 조선인이 무고하게 살해당하던 시기였다. 이런 상황에서 아쿠타가와는 유언비이와 소문을 곧이곧대로 믿고 있었고 나아가 그대로 믿는 것이 선량한 시민이라고 하고 있으며 기쿠치에게도 몇 번이고 이러한 자기 설을 주장하였던 것이다.

그런데 관동대지진의 혼란과 조선인 살상의 사태가 어느 정도 수습된 후에 쓰여졌다고 보이는 〈김 장군〉에서 아쿠타가와는 완전히 다른 입장을 주장하고 있다. 즉 '용감한 자경단원이며 조선인의 방화를 믿는 선량한 일본 시민'에서 '상대주의적 역사관을 지닌 세계 시민'으로 변신하고 있는 것이다. 아쿠타가와는 남다른 감수성과 문명인식론을 지닌 작가로서 대지진 당시의 자신의 언행을 되돌아보고 무엇을 느꼈을까. 자신이 믿었던 바는 거짓이었고 죄 없이 살해된 수많은 조선인의 실상을 알고 자신을 반성하면서 지금까지와는 다른 상대주의적 차원에서 조선을 바라보았던 것이 아니었을까. 아쿠타가와의 이러한 인식의 결과로서 나온 것이 바로 〈김 장군〉이라 판단된다.

2. 나카지마 아쓰시의 경우

양국 관계 위에서 임진왜란을 의식한 작가로서 아쿠타가와 이외에 나카지마 아쓰시中島敦를 들 수 있다. 식민지 조선에서 청소년기(경성중학교 4년 수료)를 지낸 나카지마 아쓰시는, 자신의 체험을 근거로 해서 〈호랑이 사냥〉, 〈순사가 있는 풍경〉 등의 작품을 발표했다. 〈순사가 있는 풍경〉(1929년 6월 《교우회 잡지》 제322호)은 조선인 순사인 조교영의 눈에 비친 1923년 겨울의 경성 풍경 및 그의 일상을 그린 단편소설인데, 그중에 다음과 같은 문장이 있다.

> 고등보통학교의 교정에서는 내지에서 새로 부임해 온 교장이 엄숙하게 순종順從의 덕을 설파하고 있었다(이제까지 있던 내지의 중학교에서 그가 교칙의 하나로 독립자존의 정신을 설교했던 것을 조금 겸연쩍게 떠올리면서).
>
> 보통학교 일본역사 시간, 젊은 교사는 조금 난처한 듯이 조심스럽게 임진왜란에 대해 이야기했다.
>
> "이리하여 히데요시는 조선에 쳐들어간 것입니다."
>
> 하지만, 아동들한테서는 마치 어딘가 다른 나라의 이야기라

도 되는 듯한 둔한 반향이 되새김되어 울려올 뿐이었다.

"그리하여 히데요시는 조선에 쳐들어간 것입니다."

"그리하여 히데요시는 조선에 쳐들어간 것입니다."

일본 국민에게는 독립자존의 정신을, 조선인에게는 순종을 설교하는 이율배반적인 일본의 입장, 그리고 히데요시의 조선 침략을 가르쳐 주는 대로 앵무새처럼 되풀이해야만 했던 조선의 입장, 그 입장의 차이 위에서 당시의 양국관계가 수립되어 있는 것—나카지마 아쓰시의 붓은 짧은 문장 속에서 이러한 기만을 날카롭게 그려내고 있다. 그도 또한 아쿠타가와처럼 임진왜란에 대한 역사 인식의 차이가 그 근저에 가로놓여 있다는 것을 소설가다운 후각으로 정확하게 파악해 낸 것이다.

3. 근현대 일본의 임진왜란 관련 문학작품

1898년 메이지 정부는 도요토미 히데요시豊臣秀吉 사후 300주년을 기념하는 사업을 대대적으로 전개하여 히데요시 영웅화에 앞장섰으며, 일본 제국주의의 확대 정책을 역사적으로 뒷받침하는 인물로 이용된다. 평민에서 최고의 자리까지 입신출세한 인물로서만이 아니라 일본의 무위를 동양에 떨친 인물로서 히데요시는 숭배된다. 이에 따라 임진왜란도 이른바 히데요시의 대륙 정벌이라는 원대한 포부를 실현하기 위한 하나의 사건으로 평가되어, 개인의 일대기 속의 한 사건, 즉 '태합太閤의 조선 정벌'로 임진왜란의 의미를 축소하는 경향이 근대 일본사회 속에 깊숙이 자리잡게 된다.

근대 일본의 대륙 진출을 위한 관점에서 주목을 받았던 임진왜란은 일제가 조선을 강점하고 나서부터는 변화하여, 주로 식민지 지배라는 측면에서 취급되어 갔다. 도쿠토미 소호德富蘇峰는 《近世日本国民史》 100권 속에 한일 양국의 자료를 조사하여 《豊臣氏時代 朝鮮役》(상·중·하)을 1921년, 22년에 간행하였고, 1924년에는 일본 참모본부가 《日本戦史 朝鮮役》을 편찬 출판하는 등 조선을 식민지배하고 있다는 현실에 기반하여 임진왜란을 파악하려고 하였다. 이러한 정치적, 군사적인 시각이 주류를 이룬 가운데, 비록 소수이기는 하지만 대표적인 근대 일본의 작가에 의해 임진왜란을 다룬 단편소설이 창작된다. 즉 모리 오가이森鷗外의 〈사와시 진고로佐橋甚五郎〉(1913년)와 앞에서 언급한 아쿠타가와 류노스케의 〈김 장군〉(1924년)이다.

〈사와시 진고로〉는 임진왜란 이후 조선사절단의 일원으로 일본을 방문한 교첨지(과거 일본에서 이름은 진고로)라는 인물과 그의 일본에서의 과거를 그린 단편 역사소설로, 본격적으로 전란을 그린 작품은 아니지만 임진왜란과의 관계성 속에서 주목된다. 일본 작가에 의한 임진왜란 관련 작품은 거의 창작되지 않은 일제 강점기라는 시대상황에서, 식민지 '경성京城'에서 청소년기를 보낸 나카지마 아쓰시는 임진왜란을 하나의 소재로 사용하여 당시 일본이 지닌 이중성과 식민지 지배 정책의 모순을 소설 속에서 지적하기도 하였다.

1945년 이후 현대 일본에서 임진왜란은 또 다른 형태로 인식되며 오늘에 이르고 있다. 먼저 태평양전쟁에서 패전한 직후 일본사회에서 임진왜란은 재고해야 할 대상으로 여겨지지 않았으며, 또한 비록 과거의 역사라고는 하지만 일본에 의해 야기된 전쟁을 다루기에는 명분상으로도 타당하지 않아 임진왜란은 관심의 대상에서 멀어져 버린다. 그러다가 '한국전쟁 특수'를 거쳐 일본이 고도 경제 성장기에 접어든 1960년대, 다시 한일 간의 국교 재개 움직임이 활발히 논의되던 가운데 근세 이후 한일 관계의 원점에 서 있는 임진왜란에 대한 새로운 시각의 작품이 발표된다.

1964년에 발표된 다키구치 야스히코滝口康彦[17]의 《조선진습유朝鮮陣拾遺》[18]는 《태합기太閤記》에 실려 있는 세가와 우네메노조瀬川采女正의 일화를 소설화한 것으로, 히데요시에 의한 무모한 전쟁이 얼마나 일본인들에게 고통을 주었는가에 대한 비판적인 시각이 드러난 작품이다. 조선에 출병 중인 세가와에게 보낸 부인의 애절한 부부의 정이 담긴 편지를 보게 된 히데요시가 세가와를 일본으로 호출

17) 1924-2002. 사세보佐世保시 출생. 1958년 〈異聞浪人記〉로 선데이마이니치サンデー/毎日 대중문예상, 다음 해 〈綾尾内記覚書〉로 올요미모노オール讀物 신인상을 수상하였으며, 규슈를 무대로 한 역사시대소설을 다수 남겼다.

18) 《九州文学》 229호(1964. 4) ; 竹田種夫 編, 《記録 九州文学　創作篇》(梓書院, 1974) 所収.

하여 부부가 같이 지내도록 조치하는데, 그때 조선에서 도망쳐 온 부하를 은신시키게 된 세가와는 결국 자진하여 다시 조선으로 출진해서 전사한다는 내용이다. 이 작품에는 조선인이 등장하지 않지만, 히데요시가 일으킨 임진왜란에 대해 일본인의 입장에서 제기한 비판은, 차후에 등장할 임진왜란 관련 작품과의 연결선상에서 보았을 때 중요한 의미를 지니고 있다고 판단된다. 동시에 당시 일본 내 반전反戦 성향의 작품군과의 관계라는 측면에서도 주목할 만하다.

1965년 우여곡절 끝에 한일 국교정상화가 성립된 이후에 한일 양국에서는 제반 분야에 대한 교류가 급속도로 확대되어 가면서 이전에 볼 수 없었던 새로운 소재와 내용을 지닌 임진왜란 관련 작품들이 계속해서 간행되기 시작한다. 간행 순서에 따라 주요 작품을 제시하면 다음과 같다.

1. 교 기도姜魏堂,[19] 《살아 있는 포로生きている虜囚》(新興書房,

19) 1901-1991. 가고시마현 사쓰마야키薩摩焼 생산 부락 출생. 게이오慶応대학을 졸업한 후 신문사에서 기자로 일하다가, 패전 후에는 각

1966. 12)[20]

2. 교 기도, 〈쓰보얀고레진壷屋の高麗人〉[21]

3. 시바 료타로司馬遼太郎,[22]《고향은 잊기 어렵습니다故郷忘じがたく候》(《別冊文芸春秋》 104号, 1968. 6)[23]

종 기관지의 편집에 종사하였다.

20) 부제처럼 책 표지에 '사쓰마야키 유래기薩摩焼ゆらい記'라고 붙어 있다. 작가는 사쓰마야키를 굽는 마을의 조선인 도공의 후예로서, 각종 사료와 구전, 그리고 본인의 체험 등을 통해 사쓰마야키薩摩焼를 만들어낸 나에시로가와苗代川 조선인 부락의 성립과 변천의 역사를 사실적으로 그리고 있다. 이에 따라 작품 형식도 소설과 논픽션을 절충한 특이한 양식으로, 《苗代川留帳》와 같은 과거의 자료를 근거로 특정인을 주인공으로 한 것이 아니라 역경과 고난에 가득 찬 마을의 변천사를 정리한 것으로, 주변 일본인들로부터 '쓰보얀고레진壷屋の高麗人'이라는 경멸 속에서 살아온 조선인 후예의 심정이 잘 드러나 있다.

21) 《살아 있는 포로》에 실려 있는 연극대본으로 원래는 1934년에 발표한 적이 있는데, 《살아 있는 포로》의 간행에 맞추어 내용을 대폭 바꾸고 서곡序曲과 종곡終曲을 붙인 것이다. 서곡, 사쓰마야키 유래, 당랑지부螳螂の斧, 상납축하上納祝, 종곡으로 되어 있다. 근세 때부터 일본인들이 멸시하는 의미로 불렀던 사쓰마야키 생산 부락에 대한 호칭을 제목으로 내세우고 있으며, 내용은 《살아 있는 포로》의 내용을 짧게 연극대본으로 한 것으로 보인다.

22) 1923-1996. 오사카외대 몽고어과 졸업. 1960년 《올빼미성梟の城》으로 나오키상을 수상한 이래 《竜馬がゆく》, 《街道をゆく》 등 역사적 사건이나 인물, 시대 상황에 관한 수많은 작품과 저서를 남겼다.

4. 엔도 슈사쿠遠藤周作,[24] 《쇠로 된 항쇄鉄の首枷》(中央公論社, 1977)[25]

5. 모리 레이코森禮子,[26] 《당삼채의 여인三彩の女》(主婦の友社, 1983)[27]

6. 미야모토 도쿠조宮本德藏,[28] 〈왕사王使〉,[29] 《호포기虎砲記》(新

23) 작가가 임진왜란 때 끌려와 이국 일본땅에서 수백 년간 살아온 가고시마의 심수관가家 14대손 심수관과의 만남을 소설화한 것으로 고국 조선에 대한 망향의 정을 중심으로 하여, 옥산궁玉山宮, 사쓰마야키 등에 대해서 그려내고 있다.

24) 1923-1996. 도쿄 출생. 어려서 만주에서 생활하였으며 귀국 후 게이오대학 불문과를 졸업하였다. 가톨릭 신자로서 예수에 대한 독자적의 인식을 바탕으로 한 작품을 남겼다. 대표작으로 《海と毒薬》, 《沈黙》, 《死海のほとり》 등이 있다.

25) 가톨릭 작가였던 엔도 슈사쿠가 가톨릭 신자이며 임진왜란 당시 선봉부대장으로 조선에서 전란의 한 중심에 서 있었던 고니시 유키나가小西行長의 고뇌와 활동을 히데요시에 대한 면종복배面從腹背의 시각에서 재구성한 고니시 유키나가의 일대기.

26) 1928년 후쿠오카福岡 출생. 여류신인상, 아쿠타가와상 수상 작가. 작품에 《モッキングバードのいる町》, 《天の猟犬・他人の血》, 《五島崩れ》 등이 있다.

27) 마리아(고니시 유키나가의 딸, 소 요시토시의 정실) 사후에 도쿠가와 이에야스德川家康의 시녀가 되었다가 끝까지 도쿠가와의 배교背教 지시를 거부하고 고도孤島로 귀향 가서 일생을 마친 오다 주리아 일대기를 여성 작가의 시각에서 그렸다는 특색을 지닌 장편소설이다.

28) 1930년 이세伊勢시 출생, 재일동포. 도쿄대 불문과 졸업, 1975년 《浮

潮社, 1991)

7. 미야모토 도쿠조, 《호포기》(新潮社, 1991)[30]

8. 오다 마코토小田実,[31] 《민암태합기民岩太閤記》(朝日新聞社, 1992)[32]

遊》로 신초新潮신인상, 1985년 《力士漂泊》로 요미우리讀売문학상, 1991년 《호포기》로 시바타 렌자부로柴田錬三郎상을 수상하였다.

29) 《호포기》에 함께 실려 있다. 원래는 1985년 《新潮》 9월호에 발표한 〈砲楼立たず〉의 제목을 바꾼 것이다. 한국에는 정휘창 옮김, 《왕사王使》(한국경제신문사, 1992)란 제목으로 〈호포기〉와 같이 번역되어 실려 있다. 임진왜란 직전에 일본의 사정을 탐색하는 사절단으로 파견되었던 부사 김성일과 선전관 황진을 중심으로 그들의 활약과 제2차 진주성전투에서의 전사를 그린 중편소설.

30) 가토 기요마사加藤清正의 휘하 조총부대장으로 출진한 오카모토 에치고노카미 사야카岡本越後守沙香가 경상병사 박진에게 항복하여 조선군의 일원으로서 분전하는 과정과 조선 선조로부터 김충선金忠善이라는 성명을 받고 대구 우록동에 정착하기까지를 그린 소설.

31) 1932년 오사카 출생. 도쿄대 언어학과 졸업. 한국인과 결혼하였다. 1989년 소설 《히로시마》로 로터스상을 수상하였으며, 《베를린 이야기》, 《일본의 지식인》, 《나와 천황》, 《나와 조선》 등의 저서가 있으며, 현재는 '9조의 모임(9条会)'의 창립멤버로 활약하고 있다. 김윤 · 강응천 옮김, 《소설 임진왜란》(웅진출판, 1992)으로 번역 출판되었다.

32) 아리마有馬 산중에 사는 통이トン坊와 민이ミン坊가 히데요시의 침략전쟁에 휘말려 조선에 건너와 겪게 되는 부산진전투, 평양성전투, 진주성전투, 울산성농성 등의 주요 전투와 코베기 등이 자행되는 전

9. 고사카 지로神坂次郎,[33] 《바다의 가야금海の伽琴》(徳間書店, 1993)[34]

10. 하세가와 쓰토무長谷川つとむ,[35] 《귀화한 침략병帰化した侵略兵》(新人物往来社, 1996)[36]

11. 아라야마 도오루荒山徹,[37] 《고려비첩高麗秘帖—이순신장군을

란의 참상을 이들 일본인의 눈을 통해 비판적으로 그린 대하역사소설. 특히 이 작품은 한국인 아내를 둔 작가가 임진왜란 발발 400주년을 맞이하여 일본과 한국에서 동시에 출판한 것이다.

33) 1927년 와카야마현 출생. 1982년 《흑조의 연안黒潮の沿岸》으로 일본문예대상 수상, 화제작으로 《元禄御畳奉行の日記》, 《縛られた巨人南方熊楠の生涯》 등이 있다. 한국에는 양억관 옮김, 《바다의 가야금》(인북스, 2001)이 번역 출판되어 있다.

34) 스즈키 마고이치로鈴木孫市郎는 용맹한 사이카슈雑賀衆 조총부대장으로 노부나가의 공세를 이겨내었지만 히데요시에게 굴복하여 그의 조총부대 선봉장이 된다. 그리고 임진왜란 때에는 조선에 출진하여 동래성전투에서 부사 송상현의 아내를 살려서 보내고 마침내는 조선군에 투항하여 곽재우가 이끄는 의병들과 같이 싸워간 사야가의 일생을 그린 역사소설.

35) 도쿄 출생, 독일 킬 대학에서 괴테 연구. 일본대 교수. 1984년 일본문예대상 논픽션상 수상.

36) 마쓰라 시게노부松浦鎮信의 조총부대장으로 조선에 출병한 이사고 가네카도沙包門는 박진에게 자진 투항하여 조총을 제작하고, 사야가(훗날 김충선)란 이름의 항왜영장降倭領将으로 활약하는 과정을 그린 장편소설. 한국에는 조여주가 번역한 《귀화한 침략병—임진왜란의 숨은 이야기》(현대문학, 1996)이 나와 있다.

암살하라李舜臣将軍を暗殺せよ》(祥伝社文庫, 2003; 초판 1999)[38]

12. 미야모토 도쿠조宮本徳蔵《海虹妃》(新潮社, 2000)[39]

이상의 조사를 통해서 알 수 있듯이 근대 이후에도 일본에서 임진왜란 관련 작품은 오늘날까지 지속적으로 창작되어 왔다.[40]

---

37) 1961년 도야마富山 출생. 조치上智대학 졸업 후 신문사 근무를 거쳐 한국에 유학함. 이후 근세 한일 사회를 무대로 닌자忍者가 활약하는 등의 새로운 취향의 대중역사소설《魔風海峡》,《魔岩伝説》,《十兵衛両断》을 발표하였다.

38) 칠천량해전 이후 울돌목해전에 이르기까지 13척밖에 남지 않은 조선수군을 이끌고 분투하는 이순신 장군을 둘러싸고, 그를 암살하려는 도도 다카토라藤堂高虎 휘하의 닌자와 이를 저지하려는 고니시 유키나가小西行長 휘하 닌자들의 생사를 건 결투를 그린 이색적인 장편소설.

39) 막바지에 이른 피난길에서 죽으러 바다에 뛰어들었다가 일본군에 붙잡힌 명문가의 규수 억대億代와 일본 무라카미村上수군의 무장 구루시마 미치유키来島通之와의 사랑과 죽음을 그린 장편소설.

40) 이 외에도 임진왜란 관련 작품은 히데요시의 일대기를 그린 쓰모토 요津本陽의《꿈 너머 꿈夢のまた夢》(文芸春秋, 1993)이 있다.

또한 임진왜란과 부분적으로 관련이 있는 작품은 다음과 같다.

· 도모노 도오루友納徹의《隠密道中鬼一法眼忍法帖 ー 朝鮮使節の巻》: 임란 이후 파견된 쇄환사를 둘러싸고 쓰시마 그리고 도쿠가와 측과 도요토미 측 닌자들의 활약과 사투를 그린 장편소설.

태평양전쟁 전까지는 근대 문학을 대표하는 모리 오가이森鷗外, 아쿠타가와 류노스케芥川龍之介, 나카지마 아쓰시中島敦와 같은 작가들에 의한 작품이 간헐적으로 창작되었으며, 현대에는 시바 료타로司馬遼太郎, 엔도 슈사쿠遠藤周作, 모리 레이코森禮子, 미야모토 도쿠조宮本德藏 등 다양한 작가층이 본격적으로 임진왜란 관련 장편소설을 간행하고 있다. 특히 한일국교정상화 이후에는 한국과 관련이 있는 작가, 즉 임진왜란 때 끌려온 조선인 도공 후예인 교 기도姜魏堂, 재일동포인 미야모토 도쿠조宮本德藏, 한국인과 결혼한 오다 마코토小田実, 한국에 유학한 적이 있는 아라야마 도오루荒山徹 등과 같은 작가의 작품이 많다는 것은 특기할

· 아라야마 도오루荒山徹의 《魔風海峽》: 임진왜란을 배경으로 임나일본부 때 숨겨 둔 보물을 찾아오라는 특명을 받은 사나다 유키무라真田幸村 일행과 이를 막으려는 조선 무인들과의 대결을 그린 소설,

· 아라야마 도오루 《魔岩伝説》: 조선통신사를 둘러싼 수수께끼와 제주도 독립을 획책하는 무리와 조선왕조 전복을 노리는 무리가 등장하여 요술을 사용하는 등 기상천외한 시대팬터지소설.

· 아라야마 도오루 《十兵衛両断》: 쇼군을 모시는 야규柳生류 검법 후계자와, 조선국왕을 경호하는 무예별감과 조선음양사와의 결투 등을 그린 소설.

만하다.

또한 한일국교정상화 이후 간행된 현대 작품에서는 사쓰마야키를 생산해 온 나에시로가와 마을과 심수관, 고니시 유키나가, 오다 주리아, 김성일, 사야카, 무명의 일본인, 닌자, 양반집 아녀자 등을 주인공으로 하여 임진왜란을 묘사하고 있다. 이는 임진왜란이라는 전란사 그 자체, 혹은 전란에서 중심적 역할을 한 무장을 그리기보다는 임진왜란이 낳은 특정한 상징적 인물 즉 사야카, 심수관, 오다 주리아 등을 통해 전란의 일면을 부각시키려는 측면이 강한 것으로 파악된다.

임진왜란 때 끌려 온 이후 4세기에 걸친 고통과 멸시 속에서 살아온 조선인 부락의 영욕을 그린 교 기도의 《살아 있는 포로》와 14대 심수관을 중심으로 4세기를 이어온 망향의 심정을 묘사한 시바 료타로의 《고향은 잊기 어렵습니다 故郷忘じがたく候》가 현대 일본 문학에서 임진왜란 관련 작품의 서막을 열었다고 할 수 있다.

그리고 임진왜란 400주년을 맞이한 1990년대에는 가토 기요마사 군의 선봉부대장으로 출전하여 조선에 귀화한 항

왜降倭무장 사야카를 주인공으로 한 작품이 3편이나 간행되기에 이른다. 일본 내에서 수수께끼에 둘러싸인 인물인 사야카에 대한 여러 설을 바탕으로 미야모토 도쿠조의 《호포기》, 고사카 지로의 《바다의 가야금》, 하세가와 쓰토무의 《귀화한 침략병》이 창작되었다.[41)]

이렇게 현대 임진왜란 관련 작품 중에서는 사야카(조선 이름 김충선)를 주인공으로 한 소설이 가장 많이 창작되었다. 그 이유는 여러 가지를 들 수 있겠지만, 그 기저에는 400년이 지난 오늘날까지도 조상이 터를 잡은 대구 우록동에

41) 《호포기》에서는 구마모토에서 반란을 일으켰던 히고肥後의 토착 세력인 오카모토 고레타네岡本惟種의 장남으로 300명의 조총부대장이 되어 가토 기요마사군의 예하부대로 출전한 오카모토 에치고노카미 사야카岡本越後守冴香로서 등장하여, 경상병사 박진에게 귀순한다. 《바다의 가야금》에서는 사이카슈雑賀衆의 조총부대장 스즈키 마고이치로鈴木孫市郎가 100인의 조총부대장이 되어 고니시 유키나가군의 선봉부대장으로 출진하며, 항복한 후에 곽재우가 이끄는 의병단의 일원이 되어 싸운다. 《귀화한 침략병》에서는 사야카에 대한 기존 설을 설명하며 마쓰라 시게노부松浦鎮信 예하의 30명 조총부대장 이사고 가네카도沙包門로서 묘사되고 있다. 가톨릭 교도로서 무자비한 고도五島 열도 출신의 해적과 대립한 끝에 이사고는 박진에게 항복하여 조총 제작을 담당한다.

서 사야카의 후손들이 그 유훈을 받들고 살아가고 있다는 사실이 일본 작가들을 자극하였을 것이라 추측된다. 사야카는 현재에 살아 있는 임진왜란의 한 상징으로 일본에서 문학화되었던 것이다.

앞으로 임진왜란이 일본 문학 속에서 어떻게 형상화되어 갈지 그 추이가 주목된다.

아쿠타가와 류노스케

1892(메이지 25)년 3월 1일 도쿄 교바시쿠京橋区 이리후네초入船町 8-1번지(현재, 주오쿠中央区 아케이시초明石町 10-11), 아버지 니하라 도시조新原敏三, 어머니 후쿠フク의 장남으로 출생.

10월 어머니 후쿠가 갑자기 발광하여, 외삼촌인 아쿠타가와 도쇼芥川道章 집에 맡겨지게 됨. 도쇼와 아내 도모トモ 사이에는 아이가 없었고, 평생 독신으로 산 후쿠의 언니 후키フキ가 외삼촌 집에 함께 살면서 류노스케를 양육하였음.

1897(메이지 30)년-5세 4월 에히가시江東 심상소학교 부속 유치원에 다니게 됨.

1898(메이지 31)년-6세 4월 에히가시 심상소학교에 입학.

1901(메이지 34)년-9세 하이쿠俳句를 짓기 시작함.

1902(메이지 35)년-10세 4월 동급생들과 함께 회람잡지인《일출계日の出界》를 만듦.

11월 어머니 사망.

1903(메이지 36)년-11세 간다神田의 헌책방이나 오하시大橋도

서관, 제국도서관에 다니면서 문학서를 섭렵함.

1904(메이지 37)년–12세 8월 니하라에서 아쿠타가로 호적을 이전하고 도쇼의 양자가 됨.

11월 후쿠의 동생 후유フユ가 친아버지 도시조의 후처로 입적.

1905(메이지 38)년–13세 3월 에히가시 심상소학교 고등과 3년을 우수한 성적으로 수료.

4월 도쿄부립府立 제3중학교에 입학.

1906(메이지 39)년–14세 4월 노구치 신조野口真造, 오시마 도시오大島敏夫 등과 함께 회람잡지 《유성流星》를 만듦.

6월 《유성》에서 《서광曙光》으로 개제.

1908(메이지 41)년–16세 7월 담임선생님인 히로세 다케시広瀬雄, 동급생 요다 마코토依田誠와 함께 관서 지방으로 여행.

1909(메이지 42)년–17세 1월 나라奈良와 교토京都로 여행.

4월 시즈오카静岡로 여행.

10월 수학여행으로 닛코日光, 아시오足尾 광산 등에 감.

12월 제3중학교의 《학우회 잡지学友会雑誌》 편집위원을 맡게 됨.

1910(메이지 43)년–18세 2월 《학우회 잡지》 15호에 〈요시나카론義仲論〉을 발표.

3월 제3중학교를 졸업.

9월 제1고등학교 문과에 입학. 류노스케는 중학교 졸업 성적이 우수하여 추천에 의해 무시험으로 입학함. 동급생으로는 기쿠치 간

菊池寛, 구메 마사오久米正雄, 야마모토 유조山本有三, 쓰치야 분메土屋文明 등이 있었음. 고등학교 입학 후부터 독서욕이 더욱 왕성해져서 학교도서관, 헌책방, 마루젠丸善서점 등의 양서를 섭렵함.

1911(메이지 44)년—19세 4월 선배 니시카와 에지로西川英次郎와 함께 아카시로赤城 산에 오름.

9월 2학년으로 진학. 제1고는 기숙학교였기 때문에 1학년 때는 통학 허가를 받았었으나, 2학년 때는 허가가 나오지 않아 기숙사 생활을 시작함.

10월 니시카와 에지로와 함께 시오바라塩原 온천으로 여행.

1912(다이쇼 1)년—20세 9월 아일랜드문학연구회에 참석하여 사이조 야소西条八十, 히나쓰 고노스케日夏耿之介를 알게 됨.

1913(다이쇼 2)—21세 7월 제1고등학교를 우수한 성적으로 졸업.

9월 도쿄제국대학 영문과에 입학. 강의 내용에 실망하여 수업은 듣지 않고 집에서 주로 책을 읽었으며 작가 지망생인 구메 마사오와 친밀하게 교류함.

1914(다이쇼 3)—22세 2월 제3차 《신사조新思潮》를 창간하고 아나톨 프랑스의 〈발타자르Balthasar〉 번역문을 발표.

4월 《마음의 꽃心の花》에 수필 〈오가와의 물大川の水〉을 발표.

5월 《신사조》에 〈노년〉을 발표.

7월 지바千葉현 이치노미야一宮 해안에 약 한 달간 체재.

9월 《신사조》에 희곡 〈청년과 죽음과〉를 발표.

10월 기타쿠北区 다바타田端에 집을 신축하여 이사 감. 이 해, 류노스케는 첫사랑인 요시다 야요이吉田弥生에게 청혼을 하였지만, 집안의 반대로 파혼하게 되고, 야요이는 육군 중위와 결혼함. 이 사건으로 류노스케는 심적으로 큰 상처를 입게 됨.

1915(다이쇼 4)년-23세 4월 《제국문학帝国文学》에 〈횻토코ひょっとこ〉를 발표.

8월 마쓰에松江로 여행.

11월 《제국문학》에 〈라쇼몬羅生門〉을 발표.

12월 구메 마사오와 함께 나쓰메 소세키夏目漱石를 방문, 이후 '목요회'에 참석하게 됨.

1916(다이쇼 5)년-24세 2월 제4차 《신사조》 창간, 창간호에 〈코〉를 발표.

4월 《신사조》에 〈고독지옥〉을 발표. 졸업논문 〈윌리엄 모리스 연구〉를 제출하고 심사에 통과함.

5월 《신사조》에 〈아버지〉를 발표. 처음으로 원고 의뢰를 받아 잡지 《희망希望》에 〈이虱〉를 발표.

6월 《신사조》에 〈술벌레〉를 발표.

7월 도쿄제국대학 영문과 졸업. 대학원으로 진학.

8월 《신사조》에 〈선인仙人〉을 《인문人文》에 〈노로마쓰 인형野呂松人形〉을 발표.

9월 《신소설新小說》에 〈마죽〉을 발표하고 이 작품이 류노스케의 문단 데뷔작이 됨. 《신사조》에 〈원숭이〉, 〈창작〉을 발표.

10월 《중앙공론中央公論》에 〈손수건〉을 발표.

11월 《신소설》에 〈담뱃대〉를, 《신사조》에 〈담배와 악마〉를 발표. 신진 작가로서의 지위가 확고해짐.

12월 가마쿠라鎌倉에 있는 해군기관학교의 위탁 영어교수로 부임.

1917(다이쇼 6)년-25세 1월 《신사조》에 〈Mensura Zoili〉를, 《신초新潮》에 〈오가타 료사이 각서尾形了斎覚え書〉를, 《문장세계文章世界》에 〈운〉을 발표.

3월 《흑조黒潮》에 〈다다요시忠義〉를, 《요미우리 신문読売新聞》에 〈맥貉〉을, 《신사조》의 소세키 추모호에 〈장의기葬儀記〉를 발표. 제4차 《신사조》는 총 11권으로 폐간.

4월 《중앙공론》에 〈떼도둑偸盗〉을 발표.

5월 첫 단편집 《라쇼몬羅生門》을 오란다서방阿蘭陀書房에서 간행.

7월 《중앙공론》에 〈속 떼도둑続偸盗〉을 발표. 사토 하루오佐藤春夫와 함께 다니자키 준이치로谷崎潤一郎 집을 방문, 이후 친밀한 교류를 시작함.

9월 《중앙공론》에 〈어느 날의 오이시 구라노스케或日の大石内蔵之助〉를 발표.

10월 《오사카 마이니치 신문大阪毎日新聞》에 〈게사쿠 삼매경戯作三昧〉(전체 15회)를 연재.

1918(다이쇼 7)년-26세 1월 《신초》에 〈목이 떨어진 이야기〉를,

《신소설》에 〈사이고 다카모리西郷隆盛〉, 《인문》에 〈영웅의 그릇〉, 《도쿄 니치니치 신문東京日日新聞》에 〈옛날〉을 발표.

2월 쓰카모토 후미塚本文와 결혼. 오사카 마이니치 신문사의 사우社友로 계약을 맺음.

4월 《오사카 마이니치 신문》에 〈지옥변地獄変〉을 연재.

7월 《빨간 새赤い鳥》 창간호에 〈거미줄〉을, 《중앙공론》에 〈개화의 살인〉을 발표.

9월 《미타문학三田文学》에 〈호쿄닌의 죽음奉教人の死〉을 발표.

10월 《신소설》에 〈가레노쇼枯野抄〉를 발표. 《오사카 마이니치 신문》에 〈자슈몬邪宗門〉을 연재하다 미완성 중절함.

11월 《웅변雄弁》에 〈루시헬るしへる〉을 발표.

1919(다이쇼 8)년−27세 1월 《신초》에 〈모리 선생님毛利先生〉, 《빨간 새》에 〈개와 피리〉, 《중앙공론》에 〈그때의 나〉를 발표.

2월 《중외中外》에 〈개화의 양인〉을 발표. 해군기관학교에 사직서를 제출함.

3월 《신소설》에 〈그리스도 상인전〉을 발표. 기쿠치 간과 함께 오사카 마이니치 신문사에 입사. 창작활동에 전념할 수 있게 됨. 친아버지 도시조가 스페인감기로 사망.

4월 가마쿠라에서 상경하여 다바타 집으로 돌아옴.

5월 《신소설》에 〈그리스도 상인전(후편)〉, 《신초》에 〈내가 겪은 일〉, 《중앙공론》에 〈용〉을 발표. 보름 동안 기쿠치 간과 함께 나가사키長崎부터 관서지방을 도는 여행에 나섬.

6월 도쿄 고등공업학교에서 〈소설 읽는 법〉이라는 제목으로 처음으로 강연을 함.

7월 《중앙공론》에 〈의혹〉을 발표.

10월 《중앙공론》에 〈요파妖婆〉를 발표.

11월 《신초》에 평론 〈예술 그 외〉를 발표.

1920(다이쇼 9)년-28세 1월 《중앙공론》에 〈의적 지로키치鼠小僧次郎吉〉, 《신초》에 〈무도회〉, 《신소설》에 〈파〉, 《빨간 새》에 〈마술〉, 《중앙문학》에 〈오세의 믿음尾生の信〉을 발표.

4월 《중앙공론》에 〈가을〉, 《개조改造》에 〈늪〉, 〈동양의 가을〉을 발표. 장남 히로시比呂志 탄생.

5월 《문장구락부文章俱楽部》에 〈흑의성모黒衣聖母〉, 《웅변》에 〈복수 이야기〉, 《해방解放》에 〈여자〉를 발표.

7월 《중앙공론》에 〈남경의 그리스도〉, 《빨간 새》에 〈두자춘杜子春〉, 《개조》에 〈야리가타케 기행槍ヶ岳紀行〉을 발표.

8월 《신초》에 〈버려진 애〉를 발표.

9월 《개조》에 〈그림자〉를 발표.

10월 《중앙공론》에 〈오리쓰와 그 아이들과お律と子等と〉를 발표.

11월 《중앙공론》에 〈오리쓰와 그 아이들과(후편)〉을 발표.

1921(다이쇼 10)년-29세 1월 《개조》에 〈추산도秋山図〉, 《중앙공론》에 〈산도요새〉, 《현대現代》에 〈묘한 이야기〉, 《빨간 새》에

〈아그니의 신アグニの神〉을 발표.

3월 오사카 마이니치 신문사의 중국특파원으로서 중국 상하이上海로 감.

5월 상하이에서 항저우杭州, 쑤저우蘇州, 양저우揚州, 난징南京, 우후蕪湖, 주장九江, 한커우漢口, 창사長沙 등을 여행함.

6월 창사에서 다시 한커우로 돌아와 뤄양洛陽을 구경하고 베이징北京에 약 한 달간 체재함.

7월 베이징에서 톈진天津으로 가서 남만주철도南満洲鉄道를 타고 펑톈奉天에서 부산까지 한반도를 종단하여 일본으로 돌아옴.

8월 《오사카 마이니치 신문》에 〈상해유기上海游記〉를 연재.

9월 《중앙공론》에 〈어머니〉를 발표. 건강이 악화되어 유가와라湯河原에서 요양함.

10월 《개조》에 〈호색〉을 발표. 유가와라에서 집으로 돌아옴. 건강은 회복되었으나 신경쇠약으로 불면증을 호소하게 됨.

1922(다이쇼 11)년-30세 1월 《신초》에 〈덤불 속藪の中〉, 《개조》에 〈장군〉, 《신소설》에 〈신들의 미소〉를 발표. 《오사카 마이니치 신문》에 〈강남유기江南游記〉를 연재.

3월 《대관大観》에 〈도롯코トロッコ〉를 발표.

4월 《중앙공론》에 〈보은기報恩記〉, 《신초》에 〈조코도 잡기澄江堂雑記〉를 발표. 나가사키 여행을 위해 교토에 보름 정도 체재.

5월 《개조》에 〈오토미의 정조お富の貞操〉를 발표. 나가사키 여행.

6월 《선데이 마이니치サンデー毎日》에 〈나가사키 소품〉을 발표.

7월 《중앙공론》에 〈마당〉을 발표.

8월 《표현表現》에 〈로쿠노미야의 공주六の宮の姫君〉를 발표.

9월 《중앙공론》에 〈오긴おぎん〉을 발표.

10월 《신초》에 〈백합〉을 발표.

11월 차남 다카시多加志 탄생.

1923(다이쇼 12)년–31세 1월 기쿠치 간이 창간한 월간 잡지 《문예춘추文芸春秋》의 권두에 매호 〈주유의 말侏儒の言葉〉이라는 아포리즘을 게재하게 됨. 가출한 조카 구즈마키 요시토시葛巻義敏를 맡아 양육함.

3월 《중앙공론》에 〈히나雛〉, 《부인공론婦人公論》에 〈원숭이와 게의 시합〉을 발표. 한 달 정도 유가와라에서 요양.

5월 《개조》에 〈야스키치의 수첩에서保吉の手帳から〉를 발표.

8월 《국외局外》에 〈아이의 병〉, 《여성개조》에 〈흰둥이〉를 발표.

9월 《중앙공론》에 〈봄〉을 발표. 관동대지진 때 집은 무사하였으나, 류노스케는 열이 나는 등 건강이 악화됨.

11월 《신초》에 〈바쇼 잡기芭蕉雑記〉를 발표.

12월 《중앙공론》에 〈아바바바바あばばばば〉를 발표. 보름간 교토로 여행.

1924(다이쇼 13)년–32세 1월 《신초》에 〈한 줌의 흙〉, 《중앙공론》에 〈이토온나 각서糸女覚え書〉, 《개조》에 〈산에몬의 죄三右

衛門の罪〉, 《선데이 마이니치》에 〈덴키치의 복수伝吉の敵打ち〉를 발표.

2월 《신소설》에 〈김 장군金将軍〉을 발표.

4월 《선데이 마이니치》에 〈제4의 남편으로부터〉, 《여성》에 〈추위寒さ〉, 《중앙공론》에 〈소년〉을 발표.

5월 《중앙공론》에 〈소년(후편)〉, 《신초》에 〈속 바쇼 잡기〉, 《부인화보婦人グラフ》에 〈어느 연애소설〉, 《부인공론》에 〈용무를 다한 편지文放古〉를 발표. 교토, 오사카로 놀러감.

7월 《신초》에 〈속속 바쇼 잡기〉, 《선데이 마이니치》에 〈모모타로桃太郎〉를 발표. 가루이자와軽井沢로 피서를 감. 쓰루야鶴屋여관에서 가인이자 아일랜드문학 번역가인 마쓰무라 미네코松村みね子를 만남. 류노스케는 미망인이자 14살 연상이었던 미네코를 자신과 "실력에서도 겨룰 만한 여자"라 여겼고 그녀를 향한 연정을 〈고시비토越びと〉 등의 서정시에 표현함.

9월 《개조》에 〈십 원짜리 지폐〉, 《여성》에 〈장강유기長江游記〉를 발표.

1925(다이쇼 14)년－33세 1월 《중앙공론》에 〈다이도지 신스케의 반생大導寺信輔の半生〉, 《신초》에 〈말의 다리〉, 《도쿄 니치니치 신문》에 〈이른 봄〉을 발표.

2월 《중앙공론》에 〈학교 친구〉를 발표.

3월 《묘조明星》에 〈고시비토越びと〉를 발표.

4월 시즈오카静岡의 슈젠지修善寺에서 요양함.

6월 《여성》에 〈온천 소식〉을 발표.

7월 결막염이라 진단받음. 삼남 야스시也寸志 탄생.

8월 가루이자와로 피서 감.

9월 《중앙공론》에 〈해변가〉, 《문예춘추》에 〈니다이尼提〉, 《개조》에 〈사후〉를 발표.

10월 《도쿄 니치니치 신문》에 〈미소〉를 발표.

11월 류노스케가 고심해서 편집한 《근대 일본문예 독본近代日本文芸読本》 전 5권이 흥문사興文社에서 간행됨. 인세를 둘러싼 문제 때문에 심한 마음고생을 하게 됨.

1926(쇼와 1)년-34세 1월 《중앙공론》에 〈후난의 부채湖南の扇〉, 《신초》에 〈연말의 하루〉를 발표. 위장염과 신경쇠약 등으로 유가와라에서 요양함.

4월 《문예춘추》에 〈추억〉의 연재를 시작함. 불면증이 심해지면서 건강이 악화됨.

7월 《문예춘추》에 〈카르멘〉을 발표.

9월 《문예춘추》에 〈봄날 밤〉을 발표.

10월 《개조》에 〈사망목록点鬼簿〉을 발표.

11월 신경쇠약이 심해짐.

1927(쇼화 2)년-35세 1월 《여성》에 〈그 남자彼〉, 《신초》에 〈그 남자 제2彼第二〉, 《중앙공론》에 〈현학산방玄鶴山房〉, 《도쿄

니치니치 신문》에 〈어느 사회주의자〉를 발표.

3월 《개조》에 〈갓파河童〉, 《부인공론》에 〈신기루〉를 발표.

4월 《선데이 마이니치》에 〈3개의 왜三つのなぜ〉, 《개조》에 시나리오 〈유혹〉, 《문예춘추》에 〈아사쿠사 공원浅草公園〉을 발표. 《개조》에 〈문예적인 너무나 문예적인〉 연재 시작. 다니자키 준이치로와 '줄거리가 없는 소설' 논쟁을 벌임.

5월 사토미 돈里見敦과 함께 개조사에서 간행한 《현대 일본 문학 전집》의 홍보를 위해 동북, 북해도 지방으로 강연 여행을 떠남.

6월 《문예춘추》에 〈톱니바퀴〉(1)을 발표.

7월 《중앙공론》에 〈겨울과 편지〉, 《개조》에 〈3개의 창문〉을 발표.

7월 24일 치사량의 수면제를 먹고 자살.

7월 25일 《도쿄 니치니치 신문》에 유서로 남긴 〈어느 옛 친구에게 보내는 수기〉가 게재됨.

8월 《개조》에 유고 〈서방인西方の人〉이 게재됨.

9월 《개조》에 〈서방인 속편続西方の人〉이 게재됨. 《아쿠타가와 류노스케 전집》이 신초사에서 간행.

10월 《개조》에 〈어느 바보의 일생〉이, 《문예춘추》에 〈톱니바퀴〉 전문이 게재됨.

* 아쿠타가와 류노스케 연보는 鷺只雄 편, 《年表作家読本　芥川龍之介》(河出書房新社, 1992년)을 참고하였다.

나카지마 아쓰시

1909(메이지 42)년 5월 5일 도쿄 요쓰야쿠四谷区 단스초箪笥町 59번지(어머니 친정. 현재의 도쿄 신주쿠쿠新宿区 산에초三栄町)에 아버지 다비토田人, 어머니 지요チヨ의 장남으로 출생.

1910(메이지 43)년-1세 2월 부모가 이혼하게 되어, 아버지와 헤어지고 잠시 어머니 슬하에서 자람.

1911(메이지 44)년-2세 8월 아버지 고향인 사이타마埼玉현 히사요초久喜町에 계시는 할머니 집으로 감.

1914(다이쇼 3)년-5세 2월 계모 곤야 가쓰紺家カッ를 맞이하게 됨.

1915(다이쇼 4)년-6세 3월 소학교 입학을 앞두고 나라奈良현 무레야마초郡山町에 있는 아버지 집으로 감.

1916(다이쇼 5)년-7세 4월 나라현 무레야마 남자심상소학교에 입학. 학기말에 우등상을 수상. 이 성적을 소학교 졸업할 때까지 유지함.

1918(다이쇼 7)년-9세 5월 아버지가 시즈오카静岡 현립 하마마쓰浜松중학교로 전근하게 됨.

7월 3학년 1학기를 수료하고 시즈오카현 하마마쓰서西심상소학교로 전학.

1920(다이쇼 9)년–11세 9월 아버지가 조선총독부 용산중학교로 전근. 이에 경성시 용산공립 심상초등학교로 5학년(2학기) 때 전학.

1922(다이쇼 11)년–13살 3월 용산공립 심상초등학교 졸업.

4월 경성중학교에 입학. 동급생으로 유아사 가쓰에湯沢克衛, 고야마 마사노리小山政憲 등이 있었음.

1923(다이쇼 12)년–14세 3월 계모 가쓰 사망.

1924(다이쇼 13)년–15세 4월 계모 이오 고우飯尾コウ를 맞이함.

1925(다이쇼 14)년–16세 3월 아버지가 용산중학교를 퇴직.

초여름, 만주로 수학여행.

10월 아버지는 관동정립 다렌大連 제2중학교에 근무. 아쓰시는 경성여학교에 근무하는 고모 시즈志津의 집에서 거주함. 이 사이에 성적이 많이 떨어짐.

1926(쇼와 1)년–17세 4월 경성 중학교4년을 수료하고 제1고등학교 문과에 입학.

1927(쇼와 2)년–18세 봄 이즈伊豆의 시모다下田로 여행.

8월 귀성 도중 습성 각막염에 걸려 타이렌에 있는 만철満鉄병원에 입원하고 1년간 휴학하게 됨. 벳부의 만철요양소로 옮긴 후, 지바千葉현의 다모타保田 근처로 전지요양을 함. 이때의 경험을 토대로 습작인 단편 〈병에 걸렸을 때의 일〉을 쓰게 됨.

11월 활자로 된 최초의 작품 〈시모타의 여자〉가 《교우회 잡지》(313호)에 게재됨.

1928(쇼와 3)년-19세 4월 기숙사를 나와, 변호사 오카모토 다케나오岡本武尚 댁에서 기숙. 이때부터 천식이 있었음.

1929(쇼와 4)년-20세 4월 문예부위원이 되어 《교우회 잡지》의 편집에 관여하게 됨. 제322호부터 326호까지 임기 중에 5권을 발간.

6월 〈고사리 · 대나무 · 노인〉, 〈순사가 있는 풍경-1923년의 한 스케치〉를 《교우회 잡지》(322호)에 발표.

여름 시부야의 오카모토 댁을 나와, 지바에 있는 동윤회 아파트로 이사.

가을 구기모토 히사하루釘本久春, 히가미 히데히로氷上英広, 요시다 세이치吉田精一 등과 함께 기간 동인잡지 《심포지엄しむぽしおん》을 발간(이듬해 여름까지 총 4권을 간행했지만, 나카지마 아쓰시는 한 번도 집필하지 않았음).

1930(쇼와 5)년-21세 1월 〈D시 7월의 정경(1)〉을 《교우회 잡지》(325호)에 발표.

3월 제1고등학교를 졸업.

4월 도쿄제국대학 국문과에 입학.

7월 《향륙지向陵誌》에 〈문예부부사〉를 발표.

1931(쇼와 6)년−22세 3월, 하시모토 다카橋本タカ와 처음 만남. 졸업논문 준비를 위해 우에다 빈上田敏, 모리 오가이森鴎外, 마사오카 시키正岡子規의 전집을 이듬해 봄까지 읽음.

10월 다렌 제2중학교를 퇴직한 아버지가 귀국하여 부모님과 함께 살게 됨.

1932(쇼와 7)년−23세 봄 하시모토 다카와의 결혼 이야기가 나왔으나 정식 결혼식은 졸업 후에 하라는 아버지의 의견에 따라 입적은 이듬해에 하게 됨.

8월 뤼순旅順에 있는 작은 아버지를 만나러 남만주, 중국 북부를 여행.

9월 가미코치上高地로 여행.

가을 아사히 신문사의 입사시험을 봤으나 제2차 신체검사에서 떨어지게 됨.

11월 졸업논문 〈탐미파 연구〉를 완성.

1933(쇼와 8)년−24세 3월 도쿄제국대학 졸업.

4월, 동대학원에 입학. 연구테마는 '모리 오가이 연구'. 재단법인 요코하마横浜고등여자학교의 교원이 됨. 국어 외에도 영어, 역사, 지리 등을 가르침. 장남 다케시桓 탄생.

8월 기무라 유키오木村行雄 등과 함께 D.H.로렌스의 〈아들과 애인들〉을 분담 번역함.

9월 〈두남 선생님斗南先生〉을 탈고.

1934(쇼와 9)년—25세　　3월 대학원을 중퇴.

2월 〈호랑이 사냥虎狩〉을 탈고, 《중앙공론》의 현상모집에 응모. 7월에 선외가작(미당선 작품 중 좋은 작품)으로 발표됨.

9월 생사를 위협할 정도의 천식 발작을 일으킴.

1935(쇼와 10)년—26세　　라틴어, 그리스어를 독학하여 동료들과 함께 '팡세' 강독회를 가짐. 또한 가넷, 열자, 장자 등도 읽음.

1936(쇼와 11)년—27세　　4월 계모 고우 사망.

6월 제1회 수양회에서 〈중국 이야기〉를 전교생에게 강연. 구기모토 등의 권유로 가마쿠라鎌倉에 사는 후카다 규야深田久弥를 만남.

7월 《학원学苑》 제7호를 편집 발행.

8월 중국 여행. 14일 나가사키長崎를 출발해서 31일 고베神戸로 귀국.

9월 요코하마横浜로 돌아옴.

12월 《학원学苑》 제8호를 편집 발행.

1937(쇼와 12)년—28세　　1월 장녀 마사코正子가 조산으로 인한 미숙아로 태어나 13일 사망.

1939(쇼와 14)년—30세　　1월 천식 발작이 심해짐.

7월 헉슬리의 〈스피노자의 벌레〉를 번역하고, 또한 미완으로 〈크라크스톤 가의 사람들〉이 있음.

1940(쇼와 15)년—31세　　1월 차남 노보루格 탄생. 천식 발작이 점점 심해짐.

1941(쇼와 16)년–32세 3월 복귀를 조건으로 1년간 요코하마 여고를 휴직. 대신 아버지 다비토가 근무하게 됨.

6월 요코하마 여고에 사직서를 냄. 남양청南洋庁 취직이 확정.

7월 팔라우 도착. 식민지용의 국어교과서를 만들기 위한 순비 및 조사 업무 시작. 아메바 적리에 감염되는 등 풍토병으로 고생함.

11월 '고등학교 고등교과 교원 무시험 검정'에 합격하여 문무성으로부터 교원 면허장을 받음.

12월 팔라우 체류 동안 천식 발작이 반복됨. 천식 발작을 이유로 내국 근무를 요청함.

1942(쇼와 17)년–33세 3월 도쿄 출장을 허가받아 귀국했으나, 환경 변화로 심한 천식과 기관지 염증이 발생. 〈산월기山月記〉 등이 《문학계文学界》 2월호에 게재된 것을 알게 된 후, 《문학계》 5월호에 〈쓰시타라의 죽음ツシタラの死〉을 싣기 위해 제목 변경과 축소 요청 등을 받아 이에 응함. 〈오정출세悟浄出世〉 완성, 〈제자〉 등의 집필에 전력을 기울이는 한편 건강을 위해 요코하마로 돌아가고자 함. 중앙공론사 출판부의 스기모리 히사히데杉森久英가 각 작품집의 출판을 권하여, 지쿠마서방筑摩書房에 〈빛과 바람과 꿈光と風と夢〉을, 중앙공론사에는 〈제자〉와 〈오정출세〉를 탈고하여 넘김.

7월 최초의 소설집 《빛과 바람과 꿈》 출판.

8월 다수의 초고, 노트 등이 소각되었다고 함. 남양청에 사표를 제출하고, 〈행복〉, 〈부부〉, 〈닭〉을 《문학계》에 투고함.

9월 두 번째 소설집 《남도담南島譚》 출판. 그러나 이때 심장 쇠약이 심해져서 입원.

12월 4일 사망.

* 나카지마 아쓰시 연보는 勝又浩 작성, 〈中島敦年譜〉, 《中島敦全集》 제3권(筑摩書房, 1993년)을 참고하였다.

유아사 가쓰에

1910(메이지 43)년－1세 2월 16일, 가가와香川현 후쓰지普通寺에서 출생. 아버지 유아사 요시헤湯浅伊平, 어머니 스미레すみれ의 장남으로 본명은 다케시猛.

1912(다이쇼 1)년－3세 부친이 부임지에 데리고 다녀 어린 시절 경상 고성군과 평안북도 겸이포(현재 송림), 또한 모친의 고향인 에히메愛媛현 야와타하마八幡浜, 오이타大分현 벳부別府, 사에키佐伯 등을 전전함.

1916(다이쇼 5)년－7세 아버지가 수비대를 그만두고 조선 내 경찰서에서 근무하게 되어 경기도 수원으로 이주. 수원공립 심상소학교에 입학.

1919(다이쇼 8년)－10세 수원에서 3·1 운동을 목격함.

1921(다이쇼 10)년－12세 백모의 사망으로 문상하러 부친과 함께 처음으로 일본에 돌아감. 당시 소학교 6학년이었음.

1922(다이쇼 11)년－13세 3월 수원공립 심상소학교를 졸업. 4월 경성중학교에 입학.

1923(다이쇼 12)년—14세　수원에서 경성중학교까지 매일 기차로 통학하다가 기숙사에 들어감.

1924(다이쇼 13)년—15세　여름방학에 혼자서 규슈九州 벳부와 어머니 친정인 야와타하마에 감.

1925(다이쇼 14)년—16세　4월 어머니 스미레 사망.

5월 만주로 수학여행.

9월 아버지가 사카이다니 오토요境谷音代와 재혼.

이 해, 기숙사 책상에서 다니자키 준이치로谷崎潤一郎의 《치인의 사랑》이 발견되어 학교에서 문제가 되었으나 같은 반이었던 나카지마 아쓰시의 중개로 도서관 감금 처분만 받았음.

1926(쇼와 원년)년—17세　봄 오사카와 도쿄 여행.

가을 금강산으로 수학여행.

1927(쇼와 2)년—18세　경성중학교 졸업. 도쿄로 이주.

1928(쇼와 3)년—19세　와세다早稲田 제1고등학원 입학.

1929(쇼와 4)년—20세　가을 근대문예연구회 사건으로 중도퇴학.

1930(쇼와 5)년—21세　마루야마丸山 프랑스 학원 입학.

1934(쇼와 9)년—25세　〈간난이〉를 《개조改造》의 제7회 현상소설에 응모하였지만, 작품 소재가 문제시되어 선외가작選外佳作이 됨.

1935(쇼와 10)년—26세　4월 《문학평론文学評論》에 〈간난이〉를

발표. 〈불의 기록焔の記録〉이 《개조》 제8회 현상 창작에 입선. 당선 축하회에서 야스타카 도쿠조保高徳蔵를 처음 만남.

6월 3년간 사귄 여성과 결혼.

8월 최승희의 반생을 그린 〈노도의 보—무희 · 백성희 반생기怒涛の譜—舞姫 · 白聖姫半生記〉를 《주간 아사히週間朝日》(4-25일)에 연재. 이 작품은 곤 히데미今日出海 감독, 최승희 주연으로 신흥기네마新興キネマ에서 영화로 제작됨.

9월 아내 사망.

1936(쇼와 11)년—27세 1월 이즈伊豆에서 돌아오는 길에 하야시 후사오林房雄를 방문하고, 거기에서 가와바타 야스나리川端康成를 만남. 제2차 《현실現実》에 이토 세이伊藤整, 이노우에 도모이치로井上友一郎 등과 함께 동인으로 참가함.

3월 조선으로 귀성.

5월 북한 여행.

6월 《문학평론》에 〈심전개발心田開発—조선신풍경〉을 발표.

7월 《개조》에 〈이민〉을 발표. 《인민문고》에서 주최한 '젊은이의 좌담회'에 참석.

9월 《인민문고》에 〈담배莨〉를 발표.

10월 〈인민문고〉 제2회 모임 중 체포되었으나 며칠 후 석방. 《와카쿠사若草》에 〈에자키쓰죠시江崎津女子〉를 발표.

12월 《인민문고》에 〈성문의 마을城門の街〉을 이듬해 5월까지 연재.

1937(쇼와 12)년–28세 1월 《문예수도文芸首都》에 〈겨울의 청춘〉을, 《주간 아사히》에 〈역시 들에 놓아라〉를 발표.

3월 《문예통신文芸通信》에 〈서곡〉을 발표.

4월 《문예文芸》에 〈관혼장제冠婚葬祭〉를 발표.

6월 《와세다문학早稲田文学》에 〈기차통학〉을 발표.

7월 《중앙공론中央公論》에 〈대추〉를 발표.

10월 《자유自由》에 〈심전개발〉을 발표. 《주간 아사히》에 〈구사바 노리코草場のり子〉를 발표. 가사하라 마사코笠原正子와 재혼.

1938(쇼와 13)년–29세 1월 《신초》에 〈뿌리〉를 발표. 《와카쿠사》에 〈묘지가 있는 산협墓地のある山峡〉을 발표.

2월 《문예》에 〈백화점でぱあと〉을 발표.

3월 장남 가쓰히코克彦 탄생.

4월 《문예수도文芸首都》에 〈최근 일들의 단편들近事片々〉을 발표.

5월 《개조》에 〈망향〉, 《작품作品》에 〈3년〉, 《문학계文学界》에 〈탄생〉을 발표.

7월 《주간 아사히》에 〈봉선화〉를 발표.

8월부터 10월에 걸쳐 조선, 러허熱河, 중국 북부・만주 등을 여행.

12월 《개조》에 〈선구이민先駆移民〉을 발표. 대륙개척문예 간화회懇話会 멤버가 됨. 이 해, NHK 아타고야마愛宕山 방송국에서 브라질에 거주하는 일본인을 위한 라디오 강연을 함.

1939(쇼와 14)년–30세 2월 대륙개척문예 간화회 멤버들과 함

께 미토水戸 부근 우치하라内原에 있는 만몽滿蒙 개척 청소년의용군 훈련소를 방문.

4월 척무성拓務省이 파견하는 대륙개척 펜부대의 일원으로 이토 세이, 후쿠다 기요토福田清人, 다무라 다이지로田村泰次郎, 다고 도라오田郷虎雄, 곤도 하루오近藤春雄 등과 함께 만주, 중국 북부에 감. 도중 경성에서 2박하여 아사히 경성지국의 초대로 조선인 작가들과 만남. 이향란도 참석한 만영滿映 주최의 환영회에서 〈아리랑〉을 불렀음.

10월 《개척 지대》에 〈파란 오동나무青桐〉를 실음.

12월 《초염草炎》에 〈산의 소년〉을, 《바다를 건너海を越えて》에 〈감정〉을 발표.

1940(쇼와 15)년—31세 2월 이토 세이와 함께 홋카이도北海道로 여행.

3월 장녀 다쓰코達子 탄생.

5월 《금융조합金融組合》에 〈농장의 딸〉을 발표.

6월 《문예》에 〈북경에서〉를 발표.

1941(쇼와 16)년—32세 1월 《문예조선文芸朝鮮》에 〈이른 봄〉을 발표.

5월경 조선을 지나 만주로 감. 신징新京에서 남쪽으로 톄링현鉄領県의 신대자新台子를 방문.

여름 조선의 부여, 경주 등을 여행.

9월 만주에 들어가 남만주 개척단이나 의용군 훈련소를 시찰.

10월 조선 농촌을 구경한 후에 귀향.

11월 제주도에 감. 다시 만주로 가서 펑톈奉天에서 태평양전쟁 개전을 들음.

1942(쇼와 17)년-33세 3월 《둘도 없는 태양 아래에서二つなき太陽のもとに》를 지평사地平社에서 간행.

5월 일본문학보국회가 창립되자 회원이 되고, 1944년에는 소설 부문 간사가 됨. 총독부 척무과의 파견으로 장혁주張赫宙, 정인택鄭人沢, 유치진柳致真과 함께 만주에 있는 반도인 개척 부락을 시찰.

7월 《푸른 하늘은 어디까지青空何処まで》를 동아공론사에서, 《반도의 아침》을 삼교서원三教書院에서, 《민족의 경이》를 육생사홍도각育生社弘道閣에서 간행.

9월 도쿄에 신반도문화연구소를 쓰다 쓰요시津田剛, 장혁주, 하마모토 히로시浜本浩, 나라사키 쓰토무楢崎勤 등과 함께 설립.

10월 《개척》에 〈압록강〉을 이듬해 12월까지 연재.

11월 반도문화연구회 설립준비 위원으로서 야스다카 도큐조, 미우라 이쓰오三浦逸雄, 나라자키 쓰토무 등과 함께 조선에 감. 수풍댐을 견학.

12월 《지성知性》에 〈게타에 관해서〉를 발표.

1943(쇼와 18)년-34세 1월 황도조선연구위원회皇道朝鮮研究委員会가 성립, 상임위원이 됨. 《교토 신문京都新聞》에 〈신생新

生〉을 6월 19일까지 연재.

2월 《녹기綠旗》에 〈압록강〉을 연재.

3월 조선에서 열린 《신반도 문학에 요망》 좌담회에 기쿠치 간, 요코미쓰 리이치, 가와가미 데쓰타로, 후쿠타 기요토, 야수타카 도쿠조 등과 함께 참석.

4월 '신흥조선의 정보를 듣는 좌담회'에 참석.

7월 《쓰지 소설집辻小說集》(일본문학보국회 편집)에 〈어둠에서 빛으로〉를 발표.

9월 차녀 노부코伸子 탄생.

10월 황도조선연구 위원회가 주최한 제3회 반도 파견 작가 행사를 위해 고마신사高麗神社에 참배하고 출발.

1944(쇼와 19)년—35세 1월 황도조선연구위원회의 멤버들과 함께 고마신사에 참배. 장남과 장녀를 데리고 조선으로 돌아감.

5월 부인과 차녀 노부코를 데리고 조선으로 소개疎開함.

6월 조선의 부민관府民館에서 조선문인보국회 주최로 열린 결전태세즉응 재선在鮮문학자 총결기대회가 열려, 일본문학보국회 대표로 참가. 이 자리에서 조선문인보국회의 신임 간부로 임명됨. 이 해 수풍댐을 시찰. 조선총독칙임勅任 문화고문으로 취임.

1945(쇼와20)년—36세 5월 조선문인보국회의 소설부에서 결전決戰문학총서 제1집 간행을 위한 집필 작가에 뽑힘.

6월 군대에 입대하나 3주 후 제대.

8월 조선의 통신사업회관에서 조선문인보인국회 쇼와 20년도 총회가 개최되어 상무간사로 임명됨. 9일, 조선 반일운동 작가인 한설야의 병세가 악화되었다는 이야기를 소식을 함홍에 다녀 옴.

9월 조선에서 일본으로 귀국.

1946(쇼와 21)년–37세 6월 《세계문화世界文化》에 〈진화真画〉를 발표.

7월 《문명》에 〈일가〉를 발표.

11월 《간난이カンナニ》를 고단샤講談社에서 간행.

12월 아버지 사망.

1947(쇼와 22)년–38세 2월 《자유 신문》에 〈호의〉를 발표.

4월 《풍설風雪》에 〈파란 탑〉을 발표.

6월 《부인생활婦人生活》에 〈누가 말릴쏘냐誰かとどめん〉를 발표.

11월 《연교連翹》에 〈불의 딸들〉을 발표. 일본 펜클럽이 재홍되자 회원이 됨.

1948(쇼와 23)년–39세 8월 《내일明日》에 〈표박漂泊〉을 발표.

11월 《문예수도》에 〈어느 시기의 추상或る時期の追想〉을 발표.

규슈 탄광 11곳을 시찰.

12월 《로망스ロマンス》에 〈산울림山彦〉을 발표.

1949(쇼와 24)–40세 1월 《신생》에 〈아저씨おじさん〉를, 《일광日光》에 〈승패〉를 발표.

5월 《일광》에 〈땅 속에서 비치는 빛地底から射す光〉을 발표.

6월 《일광》에 〈꽃 지다花散りぬ〉를 발표.

7월 《닛폰 다이제스트ニッポンダイジェスト》에 〈오니가시마를 낙원으로 만든 남자鬼ヶ島を楽園にした男〉를, 《로망스》에 〈희! 북만 개척단噫!北滿開拓团〉을 발표.

9월 《킹キング》에 〈사랑의 38선〉을 발표.

11월 《살롱サロン》에 〈사랑의 조개무지〉를 발표.

12월 《클럽クラブ》에 〈사랑의 홍안령〉을, 《닛폰 다이제스트》에 〈슬픈 간난이〉를 발표.

1950(쇼와 25)년−41세 1월 킹 특파원으로서 마이쓰루舞鶴 수용서에 인터뷰하러 감.

3월 《로망스》에 〈사랑의 제주도〉를 발표.

4월 펜클럽 대회 히로시마広島 강연회에 참석.

7월 《로망스》에 〈사랑의 장백산맥〉을 발표.

9월 《후지富士》에 〈기생 이야기〉를, 《킹》에 〈운명의 38선〉을 발표.

10월 《로망스》에 〈비애의 38선〉을, 《부인구락부婦人倶楽部》에 〈아리랑고개〉를 발표. 《부인구락부》 가을 증간호에 〈불쌍한 간난이〉를 발표.

12월 가루바도스カルバドス회 회원이 됨.

1951(쇼와 27)년−42세 2월 《부인구락부》 특파원으로서 일본으로 돌아온 귀환자를 인터뷰하러 오다하라小田原에 감.

4월 《전신전화電信電話》에, 〈사랑의 환경〉을, 《로망스》에 〈오타이네의 언덕オタイネの丘〉을 발표.

5월 농촌 농민에 깊은 관심을 가진 작가들이 모여 '보리회麦の会'를 발족, 그 회원이 됨. 〈춘향전〉을 《부인구락부》의 가을 증간호에 발표.

1952(쇼와 27)년–43세 5월 《월간살롱月刊サロン》에 〈조선해협의 암표범〉을 발표.

6월 창립된 '일한 친화회日韓親和会' 멤버가 됨.

7월 《실화 강담의 샘実話講談の泉》에 〈바다의 아리랑〉을 발표.

1953(쇼와 28)년–44세 2월 《재미 있는 구락부面白倶楽部》에 〈북조선에 곡하다北鮮に哭く〉를 발표.

11월 '일한 친화회'에서 월간지 《친화親和》 창간호를 발행.

1955(쇼와 30)년–46세 1월 《가스토무스かすとむす》에 〈괭이갈매기와 날치와 사람〉을 6월까지 연재.

3월 브라질이민 조감독으로 브라질에 감.

10월 브라질에서 귀국.

1956(쇼와 31)년–47세 3월 《오이타 공동 신문大分合同新聞》에 〈오토모 소린大友宗麟〉을 연재.

5월 《아마존의 나라 브라질アマゾンの国ブラジル》을 동서문명사東西文明史에서 간행.

6월 《정계왕래政界往来》에 〈메이지 MSA기담明治MSA綺談〉을 발표.

10월 《소설 신초小説新潮》에 〈브라질 고원〉을 발표.

1957(쇼와 32)년-48세　1월 《별책 소설 신초》에 〈브라질 고원〉을 발표.

3월 《주간 소설週刊小説》에 〈아마존 이빈〉을 발표.

4월 《농업북해도農協北海道》에 〈남미항로〉를 발표.

8월 《걸작 구락부傑作俱楽部》에 〈뇨고가섬 표류기女護ヶ島漂流記〉를 발표.

1960(쇼와 35)년-51세　5월 요코하마横浜항을 출발.

7월 브라질 리오에 도착. 제 31회의 국제 펜클럽 대회에 일본 대표로 가와바타 야스나리, 소노 아야코曾野綾子 등과 함께 참석.

8월 파라과이의 차베스 이주지에서 《오리 회あひる会》 파라과이 지부 결성식에 참석. 볼리비아 등을 시찰.

10월 배로 귀국.

1961(쇼와 36)년-52세　7월 《남미 여행南米への旅》을 설화사雪華社에서 간행.

1962(쇼와 37)년-53세　5월 서울 아시아작가 문학강연회에 히라바야시 다이코平林たい子와 함께 초대되어 전후 처음으로 한국에 옴.

7월 귀국하기까지 전쟁 전에 살던 수원 등을 방문함.

1966(쇼와 41)년-54세　1월 한국일보의 초대로 한국에 고야마 이토코小山いと子, 오바 사치코大庭さち子와 함께 옴.

1967(쇼와 42)년—58세 9월《친화》에〈무지개가 걸리기 전虹のかかる前〉을 1969년 7월까지 연재.

1970(쇼와 45)년 61세 6월 서울 국제 펜클럽 대회에 이시가와 다쓰조石川達三, 구사노 신페이草野心平와 함께 참석.

7월 귀국.

1982(쇼와 57년)—73세 3월 15일 심부전으로 사망.

* 유아사 가쓰에 연보는 梁礼先 작성,〈湯浅克衛年譜〉, 池田浩士 편,《カンナニ 湯浅克衛植民地小説集》(インパクト出版, 1995년)을 참고하였다.

총서 간행사

한 · 일 양국은 지정학적인 위치뿐만 아니라, 정치 · 경제 · 사회 · 문화 등 제반 분야에서 그 어떤 나라보다도 가까운 이웃이라 할 수 있다. 그렇지만 양국은 '가깝고도 먼 나라'라는 표현처럼 서로를 심리적으로는 가까이 하기 어려운 대상으로 여겨왔고 지금까지도 그러한 경향이 적지 않게 남아 있는 것 또한 사실이다. 일견 이 모순되는 상황은 양국의 역사적인 갈등과 대립에 의해 형성된 측면도 있지만, 그보다 더 본질적인 원인은 서로에 대한 심도 있는 인식과 이해가 부족하다는 점에서 찾을 수 있다.

21세기 글로벌 시대를 맞아 일본을 재인식하자는 분위기가 점차 고조되고 있으며, 그에 발맞춰 과거 국내에서 행해졌던 일본연구에 대한 반성과 더불어 새로운 비전 설정이 요구되고 있다. 이에 따라, 피상적인 일본이해를 벗어난 분석적이고 본질적인 일본이해의 필요성과, 일본의 특정 분야 연구에서 끝나지 않은 열린 연구에 대한 지향성이 요구되고 있으며, 금후의 한일관계를 공존 · 공영이라는 큰 틀 안에서 재정립하기 위해서 동아시아적 시각으로 세계의 구조 속에서 일본을 파악할 필요성이 대두하고 있다고 하겠다.

이에 고려대학교 일본학연구센터에서는 기존의 연구성과를 정리하여 일본연구를 체계화하고 새로운 방향성을 설정하고자 '일본총서'의 간행을 기획하게 되었다. '일본총서'는, 국내외 학자들의 일본 연구서, 교양서, 연구 명저의 번역 등을 모은 '일본학총서'와 일본이해의기반을 이루는 고전명작을 해당 전문가가 번역한 '일본명작총서', 현대 일본의 정치·경제·사회·문화 등을 정리한 '현대일본총서'의 세 분야로 이루어져 있다. 본 간행 사업은 거시적인 안목에서 지속적으로 추진해 나갈 예정이며, 이를 통해 한국에서 일본에 대한 바른 이해와 일본연구의 질적 향상 나아가 인문학 발전에 기여할 수 있기를 바란다.

아무쪼록 '일본총서'가 외국연구의 이정표가 되기를 기원하며, 마지막으로 본 총서의 간행을 담당해 준 고려대학교출판부, 그리고 간행사업을 지원해 준 일본국제교류기금과 만국박람회기념협회에 깊은 감사를 드린다.

고려대학교 일본학연구센터
일본총서 간행위원회

본서는 2006년도 일본 만국박람회기념협회와 국제교류기금의 보조금에 의한 출판물이다.
本書は平成18年度日本万国博覧会記念協会と国際交流基金の補助金による出版物である.

일본명작총서 · 3

식민지 조선의 풍경

초판 발행 2007년 7월 25일
초판 4쇄 2019년 9월 2일
지은이 아쿠타가와 류노스케 외
옮긴이 최관 · 유재진
펴낸곳 고려대학교출판부
www.kupress.com
kupress@korea.ac.kr
136-701 서울특별시 성북구 안암동
02-3290-4230, 4232
Fax 923-6311
찍은곳 한국컴퓨터인쇄정보
ISBN 978-89-7641-621-6 04830
ISBN 978-89-7641-601-8 (세트)
값 7,000원